JN074490

異世界村長
2

ドラゴ
職業：闘士
スキル：格闘術、飛行
竜人族、獣人連合議会議
メリナード
職業：商人
スキル：空間収納
羊人族、メリー商会会長
啓介《けいすけ》
職業：村長
スキル：村
ナナシ村村長

主な登場人物
杏子《きょうこ》
職業：賢者
スキル：全属性魔法
勇人《ゆうと》
職業：勇者
スキル：全状態異常無効
立花《りっか》
職業：剣聖
スキル：聖剣術
葉月《はづき》
職業：聖女
スキル：聖なる祈り

Contents

異世界村長 2

七城

イラスト
しあびす

12章　3つ目の村ボーナス

異世界生活72日目

「みんなお疲れさま。まずは荷物を置いて休憩してくれ」

「……ああ、悪いがそうさせてもらうぞ」

オーク討伐から2日後の昼前。街に行っていたラドたちが村に戻ってくる。満載の荷を背負いながら、肩で息をする者がチラホラと。さすがのラドにも疲労の色が見える。

「村長！　必要な道具は全部運んできました！」

「おお、それは助かるけど……ベリトアは元気そうだな？」

「全く、熊人の体力には恐れ入るよ。これでも一番重い荷を運んできたんだぞ」

「わたし、体力には自信があるんです！　お芋《いも》ちゃんも待ってますしね！」

「そ、そうか。もうすぐ昼だし、好きなだけ食べてくれ」

彼女は芋のことで頭がいっぱい。帰ってくるなり、黙々と芋を頬張っていた。

昼食を終えてしばらく。ラドやルドルグと一緒に、ベリトアが報告にやってくる。パッと見た感じ、疲れは取れたように見えるが……。

「なあ、休憩はもういいのか？　なんなら報告は明日でも――」

「儂《わし》らはもう平気じゃ！　そんなヤワな鍛《きた》え方はしとらんわい。なぁラドよ」

「ああ、私も大丈夫だ。それより今回の報告を聞いてほしい」

ラドはそう言うと、順序だてて説明を始める。

まずは鍛冶《かじ》道具について。必要な道具は運び終わり、今回はそれに加えて金属素材を手に入れてきた。相場がかなり下がっており、運べる限界まで購入したらしい。

次に鍛冶場建設の下見だが、ルドルグ曰《いわ》く、何も問題ないそうだ。内装や設備の配置など、細かい部分も調整済みとのこと。あとは建てるだけだと息巻いている。

そして最後に街の食糧事情を聞いたところ――。相変わらず、慢性的な主食不足に陥っていた。生産が追いつかず、麦や芋の価格が高騰中。ただそうは言っても、食糧難というほどではない。ダンジョンでの狩りが活発化して、肉の供給は安定している。

「ついでに言うと、低階層の魔物素材が軒並み底値になってるぞ」

「なるほど。足りてないのは主食だけか」

「村で育てた芋は贅沢《ぜいたく》品だ。それこそ高級食材として扱われている」

ラドが苦笑しながら答える横で、ベリトアが激しく頷《うなず》いた。

「ああ、それともう一つ。酒場で日本人冒険者の話を聞いたぞ」

「おっ、それは気になる。どんな感じだった？」

「酔っぱらいの話だからな。どこまで本当かはわからんが……レベルが20を超えて、オークを倒したらしい」

街には整った環境とダンジョンがある。それくらいのレベルだとしてもおかしくない。むしろ気になるのはオークの存在だ。

「なあラド、ダンジョンの中にもオークが出るのか？」

「どうやらそうみたいだ。６階層から出てくると言っていた」

そいつらは４人パーティーで挑《いど》み、２匹のオークを同時に倒したらしい。防具は傷ついていたものの、負傷した様子はなかったそうだ。

「なるほど……。街の日本人はかなりレベルが高い。そう思ったほうがよさそうだ」

「うむ。それで肝心かなめ、商会との取引なんだが――」

街の事情を聞き終えたところで、以前に打診があった交易の話に移る。

ラドの話によれば、商会との交渉は上手《うま》くいったらしい。次の約束を取り付け、２週間後に集落へ来る予定となった。取引の量は大きめの籠《かご》に40杯分。それを20人近くで、２回に分けて持ち帰るんだと。

「取引価格はどうなんだ？　贅沢品と言っても所詮《しょせん》は食糧品だ。そこまで高くないよな？」

「そんなことはない。何度も言うが、あの味は最高級だ。商会長も絶賛していたぞ」

「……そこまで価値があるのか。それで、製錬の魔道具には手が届きそうか？」

「さすがに1回の取引では厳しい。が、その次ならば購入可能だ。商会にも、魔道具を押さえてくれるよう頼んである」

たったの2回で済むなら御《おん》の字だ。魔道具の入手に目途《めど》が立ち、ひとまずはほっと一息。

「あー、それとさ。商会は魔道具の購入理由を聞いてきたか？」

「いや、向こうも商売だ。独占したいほどの商材を持ってくる相手に、無茶《むちゃ》なことはせんよ」

「そうか。上辺《うわべ》だけでも大人しいならいいんだ。いずれはわかることだし」

「一応、日本人の農耕スキル持ちがいると伝えてあるぞ。収穫時期に辻褄《つじつま》が合わんからな」

出発前の話し合いで、商会にそう伝えるよう指示を出してある。全てを隠すと余計に怪しまれるだけだ。

「それで問題ない。そもそも製錬の魔道具を欲しがる時点でおかしいからな」

「そうだな。そこはもう開き直るしかなかろうよ」

そのあと、2週間後の取引に向けて運搬計画を詰めていった。

「じゃあルドルグは鍛冶場の建設を。ベリトアも要望を出しながら手伝ってくれ」

「おう、任せとけっ。じっくり良いものを作ってやるわい！」

「わたしも頑張ります！」


その日の夕方。夕飯を済ませた私は、寝る前にふと思い立ってステータスを確認する。

前回アナウンスを聞いたのは、もう14日も前のこと。レベルは16に上がっているが、他の項目にこれといった変化はない。

（スキル上限、ってことはないと思うんだけど……）

欲張りなのはわかっているが、ついつい、次のスキルを期待してしまう。

とはいえ街の状況と比べたら、農作物の優遇だけでもありがたいことだ。『豊かな土壌』の効果で、いくらでも作物が育つんだ。これがあるだけでも神に感謝すべきだろう。

（って、そういえば、なんの女神に祈ればいいんだ？）

太陽の女神と月の女神。どちらも村の恩恵とは関係ない気がする。植物の光合成的な意味だと、太陽の女神なのかもしれないが……。しばし悩んだ末、ひとまずこの土地に感謝を捧《ささ》げておく。結界はもちろんのこと、村の作物だってこの土地あってのことだろう。

なんとなく気分が晴れ、モニターを消そうと手を伸ばした瞬間、ステータス画面の一部に違和感を覚える。村ボーナスの☆が1つ多いことに気づいた。

啓介Lv16　職業：村長　ナナシ村　☆☆☆〈NEW〉
ユニークスキル　村Lv6（32／200）：『村長権限』『範囲指定』『追放指定』『能力模倣』『閲覧』『徴収』
村ボーナス　☆豊かな土壌　☆☆万能な倉庫　☆☆☆女神信仰〈NEW〉村内に教会を設置可能。適性のある村人に職業とスキルを付与。ステータス閲覧可能。※解放条件：大地神への祈り。

「大地神？　この世界って、太陽と月の2柱神じゃないのか？」

新たな村ボーナスを得たついでに、大地神なる女神の存在が判明してしまった。解放条件からして、土地への感謝が引き金みたいだ。豊かな土壌や万能な倉庫も、きっと大地の女神の恩恵なのだろう。

そして何より気になるのは、村人に『職業とスキル』が付与されるという一文だった。村人が職業やスキルを取得できれば、作業効率や戦闘能力が大きく向上する。ひょっとしたら、魔法や特殊能力を与えられる村人だっているかもしれない。

実に40日ぶりとなる村ボーナスを前に、否《いや》が応でも気持ちが昂《たかぶ》る。

（早く試したい、今すぐにでもっ）

とはいえ、外はもう真っ暗だ。みんなも寝ているだろうと、仕方なく明日の朝一番で試すことに――。結局、居ても立ってても居られずに、ほとんど眠れないまま一夜を明かした。


そんな翌日。私は朝から、村ボーナスのことで頭がいっぱいだった。

「みんな、食べながらでいいから聞いてくれ」

村人たちが朝食に手を伸ばすなか、我慢できずに声をかける。

「昨日の夜、新たな村ボーナスが発現した。どうやら、村に教会を建てられるみたいだ」

ざわざわと声はするものの、そこまで驚く者はいない。

「その教会の効果なんだが――みんなにも『職業とスキル』が付与されるそうだ」

「「「……！」」」

先ほどとは一変、歓声と驚きの声が湧き上がる。

「これは『女神信仰』という名称で、解放条件は『大地神への祈り』だ。どうやらこの世界には大地の女神様が存在するらしい」

「村長、我らも初めて聞く女神だ。おそらく獣人族も人族も、誰も知らないと思うぞ」

他の兎人たちや熊人のベリトアも頷いている。

「昨日、この村の土地に感謝を捧げたんだ。私にとっては、豊かで安全な土地こそが一番の信仰対象だからな」

「大地の女神様がおられるなら、我らも祈らずにはいられないな」

「案外みんなと出会えたのも、女神の導きかもしれん」

それこそ転移した当初から、ずっと世話になっていた可能性がある。ユニークスキルや村の結界も、女神様の力なのかもしれない。

「我ら兎人族も大地の女神に感謝しよう。これぞまさしく天啓だろう」

「でもいいのか？　獣人は月の女神を信仰してるって……。不敬に当たらないのか？」

「我ら獣人は、日々の糧《かて》に祈っているのだ。大地の女神様にこそ感謝を捧げるべきだろう」

理屈はよくわからんが、村のみんなも賛同しているようだ。「さっそく教会を設置して祈りを捧げよう」と、話が盛り上がっていった。


教会を建てる場所は、集会所の南向かいに決まった。村の中心に位置するこの場所なら、住居から近いし、みんなが利用しやすいだろう。

大きさが不明なため、まずは空き地に向かって大雑把《おおざっぱ》にイメージ。すると西洋風の建物が、点滅しながら半透明の状態で現れた。高さも幅も10メートルほどのサイズだ。

「じゃあここに設置するから、みんなは少し下がってくれ」

と、教会が固定された瞬間、村を囲っていた結界の色に変化が――。今までの薄い青色から、薄緑色へと、地面から上空に向かって徐々に変わっていった。

「おおぉ……」

「なんで結界が？」

「これって大丈夫なの？」

みんなが驚きを口にするなか、春香《はるか》が一層大きな声を上げる。

「あっ、結界を鑑定できるようになったよ！　名称は『大地神の加護』だってさ！」

色が変化すると同時に、結界が鑑定対象になったらしい。特殊な効果はないみたいだが、なんとなく晴れやかな気分に包まれる。と、それは私だけではないようで――。

「とても心地良くて、なんだか力がみなぎってくるような……」

「そう言われると確かに。椿《つばき》さん、オレもそんな気がしてきました！」

椿に続いて、冬也《とうや》がそんな感想を述べる。村のみんなも、同じようなことを口々に言い合っている。もしかすると、なんらかのプラス効果があるのかもしれない。

「よし、みんなで祈りを捧げようか」

教会の中に入ってみると、礼拝用の長椅子や水晶製の女神像が祭られていた。内部の造形はとても簡素だが、神秘的な雰囲気を漂わせている。
1人、また1人と、女神像の前で祈りを捧げる村人たち。恩恵を授かった者は、歓喜と感謝を全身で表し、そうでない者も、熱心に祈りを捧げていた。

ロアLv16　村人：忠誠84　職業：魔法使い〈NEW〉
スキル　土魔法Lv4：念じることでMPを消費して攻撃する。形状操作可能。性質変化可能。

ロアは職業欄に『魔法使い』と表示された。それとスキルの詳細が、桜と同じような説明文に変化している。桜曰く、村の教会で授かる職業とスキルは、転移者が持つものと同じ種類ではないか。ロアの場合、もともと所持していたスキルが更新されたのでは、とのことだった。

ルドルグLv12　村人：忠誠85　職業：建築士〈NEW〉
スキル　建築Lv1：建築物の強度と品質に上方補正がかかる。

ルドルグの職業は『建築士』。スキルの『建築』は、建築した際にプラス補正がかかるみたいだ。本人も、自分が得た能力にとても満足している。

ベリトアLv6　村人：忠誠73　職業：鍛冶師〈NEW〉
スキル　鍛冶Lv1：武具や道具の加工速度と品質が向上する。対象：革

ベリトアの職業は『鍛冶師』。革の加工速度と品質が向上するようだ。夏希《なつき》と同様、スキルLvが上昇すれば、素材の対象が増えていくと思われる。

他にも、いつも狩りに同行していた兎人族の男性2名が『斥候《せっこう》』という職業になり、スキルに『探索Lv1』が発現した。探索の能力は、周囲の気配を感知できるものみたいだ。

また、村で農作業に従事していた3名は『農民』と『農耕Lv1』のスキルを、機織《はたお》りを担当していた2名は『細工師』と『細工Lv1』を授かった。

最後に、ラドたち交易班だった6名は『戦士』の職業となり、スキルに『身体強化Lv1』を取得。集落でも狩りをしていたメンバーらしく、「これで強くなれるかも」と期待に胸を膨らませていた。

結局のところ、4割の村人は恩恵を得られなかったが……。与えられた者の傾向から見ても、従事する作業次第で、これから授かる可能性は十分にあるだろう。能力を授からなかった者にも落胆の色はなく、自分も早く授けられるようにと、やる気を出しているように見えた。

〈新たに増えた村の職業所持者〉
鍛冶師1名（ベリトア）　建築士1名（ルドルグ）　戦士6名（ラド含む）　細工師2名
斥候2名　農民3名

教会の設置から13日後――。

商会との取引を明日に控え、ラドたち交易班は元集落へと向かった。今日はそのまま夜を明かして、現地で受け渡しをする予定だ。現在、ラドたちの集落は、おびただしい量の芋で溢《あふ》れ返っている。一方、村の開拓も軌道に乗り始め、農業や機織りの他、交易路の整備が進む。

そんな私は現在、昨日完成したばかりの鍛冶場を訪れていた。

「どうだいベリトア。魔道具の設置は順調か？」

「はい！　ルドおじさんお手製の簡易炉に組み込んであります！」

ドーム型の溶鉱炉。その天井部分には、熱処理用の魔道具が付いている。魔石を投入することで、炉内の金属を熱する構造みたいだ。

「まずは村人用の靴を作ろうと思ってますが、村長は何か要望とかあります？」

「ベリトアの靴は丈夫で歩きやすいからな。予備も用意してくれると助かるよ」

交易組や狩猟班には配ってあるが、まだ全員に行き渡っていない。人数分より少し多めに依頼しておく。

「わかりました！　靴のあとは、持ってきた素材で剣や斧《おの》を作りますね」

「ああ、鍛冶のことはベリトアに任せるよ。ところで、スキルの効果は実感できたか？」

「っ、もちろん！　加工の早さも品質も、まるで別次元です！」

「おー、そこまで違うのか」

ベリトアが言うには、革の加工から縫製に至るまで、工程の全てに補正がかかるらしい。試しに靴を作ったところ、いつもの３倍以上の早さで仕上がった。しかも品質が良く、履《は》き心地も抜群だったようだ。

「日本人がポンポン作ってましたけど、今なら理解できます。これなら十分張り合えますよ！」

「そっか。でも、今さら街に戻るなんて言うなよ？」

私が冗談交じりでそう言うと、

「いやいや、それはあり得ないです。村の雰囲気は良いですし、ここには素敵な鍛冶場があります。そして何より、芋が私を離してくれません！」

「なるほど。街に戻りたいと言い出したら、芋の取引を中断しよう」

勘弁してほしい、とベリトアが笑いながら返す。村にも馴染《なじ》んできたみたいで安心する。

「それじゃあ、完成品の配布は椿を通して頼むよ」

「はい、お任せを！」

鍛冶場は問題なさそうなので、次はルドルグと夏希のいる川のほうへと向かう。米や麦の脱穀用に、今日から水車を作っているはず。

現状、まだまだ人手が足りないため、稲の収穫量に脱穀作業が追い付いていない。それに加えて麦の収穫量がほぼ同量に増えるのだ。手作業のままでは、近いうちに限界が来る。

「よぉ長《おさ》、初日から視察とはご苦労なこったな」

「水車の実物なんて見たことがないからな。興味本位で来ただけだよ」

「街で構造は理解したし、加工さえキッチリできれば問題ねぇぞ」

「うむ！　そこでわたしの出番です！」

「ああ、2人に任せておけば安心だ。良いものを期待してるよ」

ルドルグは建築士のスキルを得たことで、本人も驚くほどに腕が上がった。それに加え、いつも作業を手伝っていた兎人の1人にも、建築の職業とスキルが発現している。作業が順調に進めば、半自動型脱穀機4台と、麦を挽《ひ》くための臼2台が10日ほどで完成する予定だ。

こうして村の生活も、随分と豊かなものになってきた。日本の文明には及ばないが、衣食住に困ることはない。何より、穏やかに暮らせるこの環境がとても心地良い。

私は村の風景を眺めながら、1人、そんな思いに浸る。

——翌日——


今日は村で初めてとなる麦の収穫日。豊かに実った麦の穂を、村人総出で刈り取っていく。

先ほど昼休憩が終わって、午後の作業を開始したところだ。

今頃、元集落では取引の真っ最中。私は斥候の報告を待ちつつ、畑の様子を見て回る。

「椿、調子はどう？」

「順調ですよ。みんな稲刈りを経験していますから」

「そうか。引き続き頼むよ」

「はい、お任せください」

それから2時間ほど経っただろうか。刈り取りを手伝っていると、斥候の1人が村へ戻ってきた。とくに慌《あわ》てた様子は見られず、表情も柔らかく見える。

「村長、ただいま戻りました」

「お疲れさま。取引はどうだった？」

「はい、無事に終わりました。芋は予定より高く売れたそうです」

「おお、それは良かった。相手側に不穏な動きは？」

「我らが見る限り、とても友好的に感じました」

どうやら交易は成功したようだ。次回の取引は10日後になったこと。そのとき商会長が来訪すること。この2つを伝えるよう、ラドから指示されたらしい。

「わかった。日程は問題ないし、商会長の件も了承したと伝えてくれ」

「はい。では明日の夜明けに集落へ戻ります」

「ああ、よろしく頼んだぞ」

それにしても、商会長直々《じきじき》の来訪か。取引相手として、よほど重要視している証拠だろう。ラドの報告次第では、村に招くのもアリかもしれん。


取引が2日目に入ると、日暮れ前にはラドたちが戻ってきた。交易路の存在に加え、身体能力強化もあいまってか、みんな悠々と帰還してくる。そして全員が村の敷地に入った瞬間、実に45日ぶりとなるアナウンスが聞こえた。


『ユニークスキルの解放条件〈他領との交易〉を達成しました』

『能力が解放されました』

以前から街と交易していたはずだが、なぜ今になって解放されたのか疑問に思う。向こうが集落まで来たからなのか。あるいは交易路が延びたからなのか。いろいろ考えてみたけれど、結局はわからず仕舞い。解放条件はさておき、スキルLvがまだ上がることに安堵《あんど》する。

（よし、ひとまず鑑定してみるか）

啓介Lv18　職業：村長　ナナシ村　☆☆☆
ユニークスキル　村Lv7（32／500）〈NEW〉『村長権限』『範囲指定』『追放指定』『能力模倣』『閲覧』『徴収』『物資転送』〈NEW〉村の敷地内限定で、事前に設定した位置間での物資転送が可能となる。※生物転送不可
村ボーナス　☆豊かな土壌　☆☆万能な倉庫　☆☆☆女神信仰

まさかの物資転送とは、これまた便利なスキルが来てくれたもんだ。さっそく試したいところだが、ラドたちが目の前まで来たので後回しに。村人みんなが出迎えるなか、両者が並びあって対面する。

「村長、交易は成功だ。相手も満足して帰ったぞ」

「みんなが無事でほっとしたよ。ご苦労さま」

私が労《ねぎら》いの言葉をかけると、みんなは誇らしげな顔で返す。背負っていた籠を下ろすと、ズシリと重そうな音が――。どうやら塩や香辛料をもらってきたらしい。気前がいいのか裏があるのか。どちらにせよ、ありがたいことだ。

「ところでラド、次回の取引が早すぎることは、相手も当然わかってるよな？」

「ああ。商会長の代理も、敢《あ》えて触れぬといった雰囲気だった」

「たぶん会長からの指示だろうな。他に何か探られた印象は受けたか？」

「いや、それはない。運搬役も護衛の冒険者も、全員獣人で構成されていた。こちらに日本人の影を見て配慮したのだろう」

「なるほど。向こうなりの誠意ってことかな」

どこまで察しているかは不明だが、日本人を仕向けてこないあたり、相応の配慮が見える。

「それこそ次回は、最大限の誠意として、会長が直々に来るのだろうな」

「ああ、次は私が会ってみるつもりだ。村で会うか、集落で会うかは……ちょっと試してみたいことがある」

「だが結界の外だと危――なるほど、集落を村の敷地にするつもりか」

ラドの集落を結界で覆えば、いざというときの避難所に使える。それに新しく覚えた『物資転送』。もしこれが利用できれば、交易品の運搬は手間いらずとなる。

「あそこは街との中継地だしな。ラドが構わないならそうしたい」

「我らは既に村の一員なのだ。今さら集落に未練はないさ」

「そう思ってくれて嬉《うれ》しいよ。じゃあ、明日の朝にでも向かおうか」

「ああ、そうしよう」

他のメンバーからも賛同を得て、明日さっそく試みることになったのだが──。「物資が転送できるなら、道をつなぐ意味がないだろ」と、隣にいた冬也から質問が上がる。

「いや、むしろその逆だな。なんなら街までつなげるつもりだ」

「村の存在がバレてもいいのか？」

「あくまで商会との関係次第だけどな」

鉱山の採掘や農地の拡張、他にも村の戦力向上などなど、何をするにも人手が必要だ。商会とつながりを持てば、村への移住者を探しやすくなる。当然リスクは発生するけど、それ以上のメリットが期待できるはずだ。

「確かに、村に引き籠《こ》もったままだとジリ貧だよな。オレも街には興味があるし」

「だな。しばらく様子を見ながら進めていこう」

私自身、先のことなんてわからない。今はただ思いつくままにやるだけだ。

そのあとラドが、商会から仕入れた情報を教えてくれた。

ここ1か月ほど、人族領から入ってくる食糧が減少。その影響で、食品の価格がじわじわと上がっている。どうやら人族領にも、数多くの日本人が出現しているらしい。いきなり人口が増えたことと、農業関連の失策が関係しているようだ。

「なるほどねー。これはそのうち、戦争でも起きる流れかな？」

「日本人のスキルを利用して、みたいなあるある展開ですね」

「日本人集団が戦争をくわだてる、ってのもあるわよねー」

春香と秋穂がそんなことを口走っていたが、確かにどちらのパターンもありそうな話だ。面倒事に巻き込まれる前に、少しでも村の充実を図りたい。

異世界生活89日目

次の日の朝。集落に結界を張るため、調査隊を編成して出発した。

メンバーは全部で7人。私とラドの他に、護衛役の桜と冬也、回復役の秋穂、村との伝達要員として斥候職の2人が同行する。交易路作りを始めてから、既に40日ほどが経過。集落までの道のりは7割以上が完成している。次の交易までには到達しそうな勢いだ。

私はみんなに守られながら、ラドと並んで歩いていた。

「しかし、これだけ整備されてると楽だな。開通したら半日かからないんじゃないか？」

「いや、既に半日かかっておらんぞ。開通すればさらに早まるだろうな」

「魔物をほとんど見かけないし、相当便利に使えそうだ」

集落に向かう途中、1度だけ3匹のゴブリンを探知。冬也と桜が一瞬で仕留めた。東の森での経験で、2人は相当に強くなっている。もはやこのレベルの魔物は相手にもならない。

それからしばらく。集落に近づいたところで、斥候職の2人に様子を探らせる。結果、探知のスキルに反応なし。安全確認をしてから現地へと乗り込んだ。

「ここが我らの住んでいた集落だ。まあ、随分と荒れてしまったがな」

集落の広さは転移直後の村程度。周囲は土壁で囲まれ、竪穴《たてあな》式住居が何軒か建ち並ぶ。所どころに破損箇所が見られ、畑だった場所には雑草が生い茂っていた。

「こんな遠くまで来たのは初めてだ。異世界の雰囲気に触れて感動してるよ」

「街に行けばもっと感じるだろうな。さあ、さっそく始めるんだろう？　私はいつでも構わんぞ」

ラドに促され、集落周りの土壁ごと囲う感じで拡張をイメージ。するといつものように、結界がググッと拡《ひろ》がり点滅する。以前と違う点は、その色が薄緑色なことだけだ。

「建物ごと敷地化するのは初めてだ。どうなるかわからんから一応離れていろよ」

みんなが下がったのを確認してから、集落ごと固定するように念じる。

「「おおー」」

するとと点滅がピタリと止まり、建物を残したまま結界が張られた。

これが人の住んでいる場所でも可能なのか。赤の他人の土地でも結界を張れるのか。街に行けば試せるのだが……それは追い追いにして、検証を進める。

「じゃあ次に、『物資転送』の位置を決めたい。ラド、住居を1軒利用してもいいか？」

「ああ、構わんよ。好きなところを使ってくれ」

「なら一番大きな家にするよ。今回は物資の保管が目的だからな」

既に村の『万能倉庫』を転送位置として設定済み。さっそくこの場所に送れるかを試してみる。最初はどうやって転送するのか不明だったが……何度か試しているうちに、なんとなく感覚が掴《つか》めてきた。

転送元をイメージすると、その場所の映像が頭の中に浮かんでくる。その中から転送対象と分量を決め、最後に転送先を指定。するとその瞬間、物資が転送される仕組みのようだ。

ゴロゴロッ……ゴトッ
今回は、芋を籠1杯分転送してみたのだが、ほぼイメージどおりの量が住居の土床に転がった。魔法陣のような演出があるわけでもなく、唐突に床の上へ現れる感じだ。

「おお、これは便利だな」

「ちょっと地味ですけど、機能としては申し分ないですね」

集落の結界化と転送確認が終わり、みんな揃《そろ》って村へ帰る途中のことだった。

「村長、一つ報告があるんだが……」

いつもとは違って、少し煮え切らない感じのラド。私の顔をチラチラと覗《のぞ》き、言いにくそうにしている。何か心配事でもあるのかと、歩きながら頷いて返すと――。

「実はな。村にいる独身の者を娶《めと》ろうと思っている」

「は？　今なんて言った？」

「種を残すのは我らにとって重要なことなのだ！　まあ、私欲が少なからずあることは認める」

何を言い出すかと思ったら、色恋に関する話だった。新たな妻を娶り、子孫繁栄を目指すようだ。他種族のルールだから口は出さんが……実に羨《うらや》ましいことだ。普段は真面目なラドも、根はスケベなおっさんなのだと親近感が湧く。別に否定する理由もないので、この件には快く了承。その後はラドの馴《な》れ初《そ》めを聞きつつ、村へと到着した。

「みんなー、今戻ったぞー」

「ただいま帰りましたー」

村に戻って早々、今日の出来事をみんなに報告する。集落に結界を張ったこと。物資転送が上手くいったこと。いずれは街へ進出することを伝えていく。

と、少し離れた場所では、ラドが緊張した面持ちでロアと話している。村長である私の許可を取り付け、娘のロアにも事情を説明しているのだろう。すぐ隣には、お相手であろう兎人の女性も同席していた。「そういうのは見えない場所で」とは思ったものの、兎人の聴覚があればどこにいても一緒だ。そう気づいてからは考えるのをやめた。

その日の夜。ロアの許しも出て、２人は正式な夫婦となった。今夜から一緒に住むらしく、ロアは女性と入替えで住居を移るそうだ。

（せいぜい励んで、村の人口増加に貢献してくれ……）

そんなことを思いつつ、私は悶々《もんもん》とした夜を過ごした。

13章　メリー商会との出会い

異世界生活96日目

集落を村化してから1週間が経過。交易路の開拓は順調に進み、魔物狩りについても、ラドたち戦士職を優先してレベルアップさせている。

一方、商会との取引を2日後に控え、今日は待望だった水車小屋の完成を迎えた。自信満々のルドルグに案内され、私は建物を見て回る。

「遂《つい》に完成したんだな。やっぱ実物を見ると感動するよ」

「どうだ。なかなか見事なもんだろ？」

小屋とは思えないほど立派な建物。川にある2基の水車が景気良く回っている。そして歯車を使った動力は、杵《きね》や石臼《うす》へと伝わっていく。既に試運転を済ませたのか、米が精米された状態で袋詰めされていた。

「ほんと、よくやってくれたよ」

「椿の嬢ちゃんにも太鼓判をもらったぞ。もういつでも稼働できる状態だ」

ルドルグはこのあと、使い方のレクチャーをするそうだ。私も興味はあるけれど、邪魔するのもなんだと思って、ひとまず自宅へと戻ることに。

「あっ、村長！　ちょっと相談があるんですけど、いいですかね？」

——と、自宅の近くに来たところで、夏希が声をかけてくる。

見た感じは普段どおりだし、慌てた様子もない。いったいどんな相談なのだろうか。

「どうした？　冬也と何かあったのか？」

「いいえ、そっちは順調ですよ。あ、でもせっかくだし話しとくね」

2人の関係は良好。とはいえ、相談とは別に報告したいことがあるようだ。

「実はですね。近々、秋ちゃんも一緒に暮らすことになりまして」

「え？　ごめん、もう1回言って？」

「わたしたち、3人で同居することになりました」

(うそ、だろ。冬也の野郎、いつの間にそんな……)

あまりの驚きに一瞬言葉を失ったが、なんとか平静を装って返す。

「3人で決めたなら好きにしていい。だけど、村に不和だけは起こすなよ」

「うん。そのへんは大丈夫！　そんなことより、相談なんだけどさ」

「おいお前、そんなことって……。いや、なんでもない。続けてくれ」

どうやら相談というのは、仕事に関することらしい。村の生活を豊かにするため、家具やベッドを作りたいんだと。片手間で作るのではなく、家具作りに専念したいそうだ。

「村の細工師も増えたことだしさ。しばらく自由に作らせてほしいな、って相談です」

現状、村には家具類がほとんどない。夏希のスキルならば、それほど苦もなく作ってしまうだろう。彼女の言うとおり、建築部材の加工は他の人に任せればいい。

「よしわかった。ルドルグと一緒に引継ぎをしてくれ。あと、作業場はどうするんだ？」

「ベリトアの鍛冶場を借りるつもり。金具とかも頼みたいしね。もう許可はとってあるよ」

「そうか。どうせなら加工場を新設しよう。あとでルドルグに相談してみるよ」

「うん、ありがと村長！」

自発的に行動してくれて助かる。夏希の貢献度は非常に高いし、今回も上手いことやってくれそうだ。村の発展のため、遠慮なく進めてほしい。

「ところで夏希。秋穂の件って、どれくらい前から動いてた？」

「えっとね。最初に秋ちゃんが来たときかな。あの頃からこうなるように仕向けてた」

「……なるほど、大したもんだ」

「お互い気が合うしさ。この収まり方が、村にも私にも一番いいんだよ」

「わかった。仲良くやってくれればそれで良い」

それにしても冬也のやつ……。これでもかと言うぐらい問い詰めてやりたい。

が、それをやると、自分が惨《みじ》めになるのは目に見えている。村の主人公は冬也なんだと諦《あきら》め、とぼとぼと自分の作業に戻った。

——それから2日後——


メリー商会との取引当日。会長直々の訪問を前に、私は昨日から集落へ乗り込んでいた。

ここにいるのは、冬也、桜、春香、秋穂。それにラドと斥候職2人を加えた8人。万が一の対人戦を考慮して、村の主力メンバーを引き連れている。

冬也と桜はレベル28、春香と秋穂はレベル25、私も25まで上がっている。よほどのことがなければなんとかなる、と信じたいところ。春香には、全ての来訪者を鑑定させ、気になることはすぐに報告してもらう手筈《てはず》だ。

「村長、西の方角に多数の気配を探知しました。おそらく商会の方たちだと思います」

斥候職のレヴから報告が上がると、しばらくしてから集団が姿を現す。

武装した者や籠を背負う者。様々な種族の獣人が列を成している。それを見たラド曰く、前回と同じ顔触れとのこと。パッと見た感じ、日本人らしき人物は1人もいないようだ。

「じゃあみんな、打合せどおりに頼む。なるべく友好的にいこう」

そう言っている間にも、商会一行が間近に迫ってくる。

「族長殿、お久しぶりです。前回に引き続き、よろしくお願いします」

ラドに向かって挨拶《あいさつ》をする商会長。彼は羊の獣人で、頭の両脇に巻き角が生えている。歳は私と同じくらいだろうか。物腰は穏やかで、温厚そうな雰囲気を全身にまとう。他のやつらが結界に驚くなか、商会長だけは平然として見える。

「メリナード殿、よく来てくれた。ひとまず集落に入って休息をとってくれ」

「はい。ではお言葉に甘えて」

一行に侵入の許可を出すと、商会長が気にした素振りも見せずに入ってくる。それに続いて護衛っぽい2人が。そして他の者もおずおずと続いた。今回はあくまで『侵入』の許可を出しただけ。村人ではないため、自動追放で弾《はじ》かれることはない。

小1時間ほど休息をとる面々。芋を籠に詰め込んだあと、運搬役と冒険者たちは、街へと戻っていった。

現在、ここに残っているのは、商会長のメリナードとその息子のメリマス。それに専属護衛の獣人2名だけとなる。ちなみにこの2人は狼人という種族らしい。ケモ耳こそ生えているものの、見た目は人間と変わらない。

「お初にお目にかかります。商会長のメリナードと申します。これは息子のメリマス。村長のことは、先ほどラド殿から伺《うかが》いました」

「初めまして。ナナシ村で村長をしている啓介と言います。周りにいるのは、この世界に転移してきた日本人の仲間です」

「みなさま初めまして。メリナードです。よろしくお願いします」

友好的な態度を前面に出しながら、各々が簡単な自己紹介を交わしていく。ひとしきり挨拶を終えたところで、商会長のメリナードが真剣な顔つきで語り出した。

「我らメリー商会は、あなた方の存在や能力について、詮索《せんさく》する気も邪推することもありません。良き取引相手として、長くお付き合いしたいと考えています」

「ええ、事前に配慮いただいたのだろうと感じましたよ。日本人の姿もなかったですしね」

メリナードはゆっくりと頷いて、

「正直に話しますが――。芋のことや、この緑の膜のことなど、気になることだらけです。しかし、ここで見たものや聞いたことは、決して他言しないよう徹底させます」

春香の鑑定でも特殊な能力を持つ者はいなかった。洗脳や偽装の可能性はまずないだろう。

「ありがとうございます。私も良い関係を作れたらと考えていますよ」

「はい。信頼関係を築けるよう努力いたします」

その言葉に偽りはなさそうだ。息子のメリマスや護衛の2人も深々と頭を下げていた。

「こちらの3人は、メリナードさんの近しい人と考えても?」

「もちろんです。息子も護衛の2人も、私が最も信用している者たちです」

「そうですか。なら、私のスキルと村についてお話しします」

そう言って、村人の条件や村のルールなどを説明していく。上辺だけの信頼よりも、忠誠度を見たほうが早い。いっそのこと、村人になれるかを試してみることに――。

話を聞いて納得した4人は、村人になることを了承。もし忠誠度が足りなければ、即時に結界の外へ弾かれるはずだ。

「忠誠度が足りない場合はあちらに飛ばされます。危険はないのでご安心を」

私が居住の許可を出すも、全員が結界内に留《とど》まっている。春香の鑑定による忠誠度は、商会長が78で息子が73、護衛の2人は67と66だった。

「正直、忠誠度の高さに驚いています。もっと低いものと予想していました」

「村のことや村長の能力を聞きましたからね。言い方は悪いですが、その価値は十分に高いと伝わりました。真っ当な商人であればこうなると思います」

「というと、護衛の方も？」

「いえ、この2人は旧知の仲です。私の意向を汲《く》み取ってくれた結果でしょう」

「なるほど。なんにせよ、4人は村の一員になりました。これ以上の証明はありません」

「確かに、残酷で明確な証明ですね。私どもも嬉しい限りです」

当初は集落で1泊する予定だったが、せっかくなので村へ招待することに。ただ、集落に誰もいないのはまずい。ラドと斥候のレヴ、息子のメリマスと護衛の1人は残ることに決まる。彼らは明日の取引が終わってから村へ合流する予定だ。

村へ到着したあとは、みんなで新たな村人の歓迎会を開いた。

お互い初対面とはいえ、忠誠度さえクリアしていれば問題はない。終始歓迎ムードで食事が進むと、メリナードはあっという間に周囲と溶け込んでいった。私も取り繕《つくろ》うのをやめ、普段どおりの口調で接している。

「メリナード、今後の予定は明日じっくりと話そう。風呂もあるから、よかったら試してくれ」

「おお、風呂ですか。この夕食しかり、先ほどから驚かされてばかりですよ」

さすがは商人だけあって、夕飯に出てきた食材を事細かに聞いていた。商人目線からでも、村で採れる食糧は別格とのこと。価値のある商材であることは間違いないのだろう。

異世界生活99日目

翌日。朝食を終えた私は、メリナードと護衛を連れて、村の各所を案内して回る。

まずは教会へ行くことになり、２人に祈らせてみたのだが……。村人になって１日だというのに、職業とスキルが発現してしまった。

商会長のメリナードは、『商人』の職業と『空間収納Lv１』を授かり、護衛の狼人は『槍士』の職業と『槍術Lv１』を取得。これには度肝を抜かれたようで、神の御業《みわざ》に感謝して、女神像の前で何度も平伏していた。

護衛のウルガンは外へ出るなり、槍を振り回して自分の動きを確かめる。と、あまりの変化に驚き、しばし呆然《ぼうぜん》と立ち尽くす。その様子を見ていた冬也が、何やら訓練を申し出ていた。すぐに模擬戦のようなことを始めると、兎人の戦士たちまで集まってくる始末。

「メリナード、滅多《めった》にない機会だ。しばらくアイツらの相手をさせてもいいかな」

「もちろんですよ。さあウルガン、存分にやってきなさい」

「はっ、ありがとうございます！」

夢中になっている連中を残し、万能倉庫や畑の状況、鍛冶場や水車小屋を見学して回った。

「主要な施設は大体見せられたと思う。あとは北の山脈で採掘の計画があるくらいだよ」

「いやはや、参りましたよ。スキルもそうですが、村の価値を相当甘く見積もっておりました」

「そうか。なんなら村へ移り住んでくれてもいいんだぞ？」

「ええ、実は真剣に悩んでいます。商会をメリマスに任せてしまおうかと――」

「親子でやり取りしてくれたら、私も楽ができて助かる。冗談抜きで検討してくれよ」

真顔で頷くメリナード。きっと頭の中では、今後の展望を描いているのだろう。集会所に戻って早々、取引の話に熱が入る。私の要望を言う前に、まずはメリナードの考えを聞くことになった。

「今、最も必要なのは人材でしょう。次に専門職。これは人が増えれば自然と定着します」

頷いて同意し、話の続きを促す。

「村の防衛に関しては結界がありますし、敷地拡張の可能性もあるようなので問題ないと思います。しかしながら、街との交易が盛んになれば、必ずや他の商会や連合議会が干渉してきます。そこについてはどう考えていますか」

さすがは商会長、街や議会のことにも詳しいようだ。せっかくのチャンスなので、自分の考えを素直に伝えてみることに。

「私としては、メリー商会を窓口にして、信用のおける者とは適正な取引をしたいと考えている。しかし、村を取り込もうとする者や、敵対的な者とは一切交渉する気はない」

「あくまでナナシ村は独立した状態を維持する。そう捉えてよろしいですかな？」

「ああ、どこかの属領になるつもりはない。好きなようにやらせてもらいたいね」

「そうですか。ならばメリー商会は協力を惜しみません」

「それはありがたい。村を害さない限りだが、商会も最大限の利益を上げてくれよ」

「はい、そうさせていただきます」

メリー商会の利益、そして村の発展のため、お互い利用し合うことに同意する。


その日の昼食後――。

メリマスたちの到着を待つ間に、メリナードの『空間収納』スキルを試していた。

収納できたのは物置小屋サイズだったが、それでも本人はとても喜んでいる。なんでも、空間収納のスキル保持者は、獣人領全体で3人しかいなかったそうだ。日本人の登場により保有者の数は増えたものの、商人にとっては夢のようなスキルだと語る。

何度もスキルを発動させ、子どものようにはしゃぐメリナード。それから1時間ほど経った頃、ようやくラドやメリマスたちが村へと戻ってきた。

「村長、今帰った」

「みんなおかえり。取引の方は問題ないか？」

「ああ、製錬の魔道具も手に入れたぞ」

てっきり後日になると思っていたが、メリナードが手配してくれたらしい。芋の売却益も目標額に達し、塩や砂糖、果物類なども集落から転送しておく。

交易品の確認をしていると、メリマスたちが騒ぎたてながら戻ってくる。私が倉庫の確認をしているうちに、教会に行くよう言っておいたのだが……。

「村長さん。私たちも祝福を頂きました！」

メリマスと護衛のウルークは、感極まった様子で喜びを表現していた。4人が祝福を受けたことからも、村での滞在期間は、能力を授かる条件とは関係ないみたいだ。

メリマスは職業『商人』と『交渉術Lv1』を授かる。交渉事が有利にはたらく、というフワッとした効果だったが、本人は手放しで喜んでいる。メリナードと同じ職業だが、授かるスキルはまちまちということだろうか。

一方、狼人族のウルークは、『剣士』と『剣術Lv1』を授かり、もう1人の護衛ウルガンと抱き合っている。よく似ている顔だなと思っていたら、実は双子の兄弟らしい。2人の興奮が治まったところで集会所へと向かった。

「先に聞いとくけど、4人とも村人のままでいいよな？　支障があるなら解除もできるけど」

「とんでもありません。我々一同、すぐにでも移り住みたいくらいですよ」

「いやいや、それは困る。街との交易はしばらく続けたいんだ」

お互い笑顔でそう語り、気もほぐれたところで本題に入る。

「まず通貨の確保についてだが――。芋や米、麦を売れば問題ないと考えている」

「そうですね。倉庫の在庫や収穫のサイクルからして、潤沢な資金が調達できます」

「人材確保もそうだが、問題となるのは連合議会への対応に尽きると思うんだが……」

「ええ。介入があるまで穏便に動くか、初手から議会に話を持ち込むか。どちらかを選択することになるでしょう」

「メリナードはどう思う？　どのみち、介入を避けられないことは理解している」

議会や街のことについてはさっぱりわからない。こういうときは地元商人の意見を尊重するのが一番だ。

「どんな方法であれ、かなり早い段階で干渉があります。であれば、最初にこちらの要望を通すほうが良いかと」

「なるほど。仮に話し合いをしたとして、交渉が決裂した場合は？」

「そうですね、交渉が決裂すれば、街は食糧難を解決できません。強硬手段に出たとしても、この村を攻略することは不可能です」

「村を占領できないにしても、街との取引は妨害されそうだな。そうなると少し困るが……」

村は大丈夫だとしても、取引ができないのは痛い。少なくとも、もうしばらくは継続したいところだ。

「議会がよほどの欲を出さない限り、交渉は通ると思います。最悪の場合、メリー商会の全てを持参して村に移住しますよ」

「わかってると思うけど、村人になれない者は受け入れないぞ？」

「もちろん承知しております。この村にはそれ以上の価値と未来がありますので」

「わかった。議会や商会連中との引き合いは任せていいか？」

「お任せください。では、具体的な要望をまとめていきましょう。まずは――」

　メリナードと話し合い、以下のような条件を定めて動くことになった。

1. 食糧品の売買は、全てメリー商会を通すこと。
2. 議会及び他の商会がこれを反故《ほご》にした場合、今後一切の販売を取りやめること。
3. 村への移住者募集、奴隷の購入を認めてもらう代わりに、定期的な交易を約束すること。

　随分とシンプルにまとめたが、相手側の意向もあるだろう。最低限譲れない条件を決め、今後の交渉を進めていくことに。

「ところで、メリー商会は奴隷の売買もやっているのか？」

「直接はしておりませんが、信用のおける奴隷商会に伝手《つて》があります」

「そうか。くれぐれも、犯罪奴隷とか日本人奴隷は避けてくれ。村人になれる見込みがなきゃ意味がないからな」

「奴隷に限らず、日本人の移住は議会が認めないでしょう。人族に対する貴重な戦力です」

そういうことなら安心だ。議会の意に反することは、できるだけ避けて通りたい。

「そうそう、戦力って言えばさ。戦争が近いってのは信憑《しんぴょう》性のある情報なのか？」

「はい。時期まではわかりませんが、可能性は高いです。人族領には日本人の転移者がとても多いようでして。冒険者はもちろんのこと、軍に加入する者がいたりと、随分と厚遇されているようです」

「……なるほど。他に何か情報はあるかな」

「あとは、そうですね。人族領には『勇者』や『聖女』など、特別なスキルを持つ日本人が存在するらしいです」

勇者というワードを聞いて、「やっぱりいたのか」と思った。ゲームのような職業やスキル。それがある以上、そんな存在もいるだろうと、以前からぼんやりと考えていたんだ。たぶんそいつらこそが、この世界における主役なのだろう。

（厄介《やっかい》な使命を授かってなきゃいいが……。勇者の性格次第では、こっちにも飛び火がありそうだ）

議会との交渉や人族のことを聞いたあとも、街の様子を中心に様々なことを教えてもらった。

やはり商人だけあって幅広く情報を集めている。今まで不明だった街の状況も、概《おおむ》ね把握することができた。


話が一段落したのは夕暮れ間近。夕食を交えながら、他のメンバーとも情報を共有する。

そんな折にベリトアから、とある提案を受ける。鉱山採掘までのつなぎとして、金属のインゴットを多めに確保したいらしい。

もし戦争となれば、金属の価格が高騰するはず。今のうちに確保して、有事に備えておきたいそうだ。とくに反対意見もなく、メリナードに購入を依頼する。

「啓介さん、私からもいいですか？」

と、どうやら椿にも提案があるようだ。私は一つ頷いて続きを促す。

「そろそろパン作りに着手できそうです。乳製品や卵の確保が可能ならお願いします」

「おー、手作りパンか。メリナード、その辺りも頼めるかな」

「はい、では次回お持ちしましょう。さすがに牛は無理ですが、鶏を何羽か連れてきます」

「ありがたい。よろしく頼むよ」

その他にも、果樹の苗木があればとお願いした。村でも数本育てているが、どうせならいろんな種類を食べてみたい。

「みんなも欲しいものがあったら遠慮なく言ってくれ。じゃないと、私が言いにくいからな」

商会と取引できるようになり、村は安定期に入りつつある。少しぐらい贅沢したって構わないだろう。

異世界生活１００日目

翌日の早朝。メリナードたちが街へと戻っていった。

議会との交渉や他商会との調整など、諸々《もろもろ》を処理するのに、最低でも20日はかかるそうだ。もし途中で不都合があれば、商会から伝令が来るようになっている。こっちにできることはないので、しばらくは気長に待つしかない。

一方、村ではその間、住居の建築と交易路の開拓を進めることになった。まずは20人程度が住める長屋を2棟、西の居住区に建設する。それが終わり次第、一軒家を順次建てていく予定だ。村の道路整備を含め、ルドルグとロアを中心に任せている。

そんななか、私も交易路作りに参加中。地中に残った切り株の根をせっせと除去していた。今日の伐採班は、春香と戦士の兎人2名。そしてまだ職業に就いていない兎人の6人編成だ。

春香が力任せに木を切り倒し、兎人２人が枝打ちをする。次に私の土魔法で、残った切り株の周りを陥没させる。と、最後は戦士2人が根を切って、森へと放り投げていった。

「村長、これはただの疑問なんですが」

「ん、どうした？」

「村長のスキルで敷地を拡張しちゃえば、交易路なんてアッと言う間にできません？」

除根作業をしていた1人が、何の気なしにそんなことを聞いてきた。

「まあ、そうなんだけどさ。どうしても躊躇《ちゅうちょ》しちゃうんだよね」

「というと、何か理由があるんですか？」

確かに結界化すれば楽なんだけど、いかんせん、余っている拡張分は残り少ない。さすがに使い切るわけにもいかず、悩みの種となっていた。ただ、今までの傾向を見ると、次のスキルアップで敷地が拡張できるはず。「集落まで開通すれば、もしかして能力解放があるかも？」と、密《ひそ》かに期待しているところだった。

「なるほど。まあ、道が通れば楽になるし、無駄にはならんですよ」

「すまんな。あと少しだから頑張ってくれ」

次の敷地拡張が解放されれば、相当な広さを確保できるだろう。そうなれば、街への交易路の他、南の海へ向かって拡張したいと思っている。北の鉱山から南の海まで、結界により完全に分断できるからだ。

そうなれば、東の森からの脅威はもちろんのこと、街方面からの干渉も防げる。さらには塩の調達が可能になったりと、とにかく良いこと尽くしである。

「集落まで開通したら、交易路はひとまず保留かな。メリー商会から連絡が来るまで、みんなのレベル上げに専念したいと思う」

「おお！　東のオーク狩りですね！　我らも是非参加したいです！」

「そうだな。どんどん強くなってくれ」

14章　新たな狩り場と村の鉱山

――メリナードたちが村を出て7日後――


　伐採を始めてから実に55日。ついに集落までの交易路が開通した。道幅4メートルほどの土舗装が、村に向かって真っすぐ延びている。

　期待していたアナウンスだが……。結局、いつまで経っても聞こえてこなかった。道の長さが足りないのか。それとも街までつなげないとダメなのか。いずれにせよ、敷地の拡張計画はお預けのようだ。その代わりと言ってはアレだけど。伐採をしていた兎人の夫婦に『木こり』の職業が発現。『伐採』のスキルを得て、作業スピードは格段に向上している。

　そんな私は現在、集落で休憩をしながら、春香と雑談に興じていた。

「なあ春香。戦略ゲーム的にはさ。今後どういう展開が好ましいと思う？」

「えー、どうだろ。街を攻略するつもりはないんだよね？」

「ないない。あくまで領土防衛がメインだよ」

　春香はそっと目を閉じて、眉間《みけん》にしわを寄せた。

「まずやるべきなのは、獣人領への食糧支援かな。戦力は人族に劣るみたいだし、獣人たちは防衛するしかないでしょ。まあ、戦争になればの話だけどね」

「長期戦になると食糧問題がネックだもんな」

「じわじわ押される程度に調整できればさ、困窮者を村に引き込めそうじゃない？」

「あー、確かに。追い込まれた人なら忠誠度も上がりやすそうだな」

獣人領を盾にして人族からの侵略を防止。同時に、疲弊した獣人たちを村に誘い込む。住む場所を失い、飢えに困ったところで、村の芋を餌にする寸法だ。「人道的にそれってどうなの？」と思わなくもないが……。村が蹂躙《じゅうりん》されて全滅なんてことだけは避けたい。

「あ、そうだ。忠誠度と言えばさ。移住者とか難民とか、数値がギリギリで村に入れない、なんて人が出てくると思うんだよね」

「今までも何人かいたな。だけど、基準を下げる気はないぞ？」

「そこはいいのよ。ただ、そういう人を逃すのはもったいないって話。村の様子を見ているうちに忠誠度が上がるかもよ？」

村の安全性を理解すれば、確かに忠誠度は上がると思う。けど、村の外で何日も生活させるのはどうなんだろう。

「まあ言いたいことはわかるけど、何か妙案でもあるのか？」

「例えばだけど。村の敷地外に宿泊所を建てたらどう？　そこにしばらく住まわせるの」

「でもそれって、いろいろと危険じゃないか？」

「敷地外で村人にすれば問題ないわよ。忠誠度はわたしが鑑定するし、殺意がある人は罠《わな》に落ちるでしょ」

「なるほど。人数さえ把握しとけば事故も起きないか」

「そのへんはわたしに任せて。というより、わたし以外に適任者はいないっしょ！」

「そりゃあ違いない。じゃあ、ルドルグに宿泊所のことを伝えとくよ」


村に戻ったあとは、夕飯がてら交易路開通を祝う。兎人族にとっては、集落を完全に取り戻した形となるわけだ。その喜びもひとしおで、大いに賑《にぎ》わっている。

そんななか、私もみんなを労《ねぎら》いつつ、今後の予定を伝えていく。

「知ってのとおり、明日からはオーク狩りに専念する。苦手な者もいるだろうが、できるだけ参加してほしい」

メリー商会から連絡が来るのは早くて2週間後。交渉がまとまればいいけれど、最悪、議会が攻め込んでくる可能性もある。村にいれば安全だが、できる限りレベルを上げておきたい。

「でも啓介さん。そうなると狩り場が足りませんよ」

そう言ったのは桜だ。彼女曰く、東の森の結界を延長してほしいそうだ。今のままだと獲物が足りず、十分な狩りができないらしい。戦闘職だけならまだしも、村人全員となれば話は別。狩り場の延長は必要だと言い切った。

「……わかった。できるだけ延ばそう」

拡張できる敷地が減るので少し迷ったが、レベルが低いせいで村人が死んでは本末転倒だ。狩り場を増やし、村人全体の強化を優先することに。どうやら桜たちも、オークが相手だとレベルが上がりにくいそうだ。「結界を延ばして新たな狩り場を開拓したい」と、口々に言っていた。

〈107日目現在のステータス〉

啓介Lv26　職業：村長　ナナシ村　☆☆☆
ユニークスキル　村Lv7（36／500）『村長権限』『範囲指定』『追放指定』『能力模倣』『閲覧』『徴収』『物資転送』
村ボーナス　☆豊かな土壌　☆☆万能な倉庫　☆☆☆女神信仰

桜　　Lv30　村人：忠誠98　職業：魔法使い　スキル：水魔法Lv4

椿	Lv15	村人：忠誠98	職業：農民	スキル：農耕Lv4
冬也	Lv30	村人：忠誠95	職業：剣士	スキル：剣術Lv4
夏希	Lv14	村人：忠誠92	職業：細工師	スキル：細工Lv4
春香	Lv29	村人：忠誠95	職業：鑑定士	スキル：鑑定Lv4
秋穂	Lv28	村人：忠誠89	職業：治癒士	スキル：治癒魔法Lv4
ロア	Lv24	村人：忠誠88	職業：魔法使い	スキル：土魔法Lv4
ラド	Lv19	村人：忠誠96	職業：戦士	スキル：身体強化Lv2
ルドルグ	Lv14	村人：忠誠90	職業：建築士	スキル：建築Lv2
ベリトア	Lv10	村人：忠誠84	職業：鍛冶師	スキル：鍛冶Lv3

異世界生活108日目

次の日。新たな狩り場開拓に向け、朝早くから東の森へと向かった。

今日は初日ということもあり、戦闘職だけを引き連れている。既に結界化してある道を、ゾロゾロと列を成して進んでいく。

現状は約3キロメートルまで敷地を延ばしている状態。これまでに遭遇したのはオークのみで、他の魔物は誰も見たことがない。聞いた話によると、さらに強力な魔物がいるらしいのだが――。はてさて、どんな怪物が出てくるのだろうか。

「なあ村長、このまま真っすぐ延ばすつもりか？」

結界の突き当たりに到着したところで、冬也が声をかけてくる。

「ん？　それでいいだろ？」

「わかりやすいしねー」

「我らは村長に任せるぞ」

「そっか。まあいいんじゃないか」

どうやら冬也自身、気まぐれに聞いただけのようだ。とくに反対意見もないみたいだし、このまま東へと延ばすことになった。そもそもここは未開の地。どっちに進んでいいかなんて誰にもわからない。

「とにかく、レベルの高い魔物が出るといいですね」

桜はそんなことを言っているけど、冗談抜きにトンデモないのがいるかもしれない。私は結界を延ばしつつ、周囲の警戒を密にした。

（まあ、こいつらがいれば安心だけどな）

ここまでの道中、オークの群れと2度遭遇したのだが……。みんなの戦いぶりときたら、それはもう凄《すさ》まじいの一言だった。

1度目は2匹のオークを発見。私が視認したときには、既に冬也と春香が結界から飛び出していた。その勢いのまま剣を振るって、あっという間に首を刎《は》ねる。躊躇のカケラもなく、オークは悲鳴を上げることすら許されない。

2度目に現れた3匹のオークも、桜とロアが次々と魔法を放ち、全身ハチの巣状態だった。そこにラドたち戦士が襲い掛かり、滅多刺しにして絶命させる。全員、かなりの戦闘経験を積んでいるようだ。それぞれの連携を含め、まさしく戦士と言える存在となっていた。

「しかし、みんな随分と強くなったたな。油断も隙《すき》もない戦闘だったよ」

「そりゃそうだろ。相手も命がけなんだぞ」

「油断と躊躇は命取りです」

「我らも過信は絶対にしない」

冬也に続いて、桜とラドがそう話す。全員、慢心することなく、とても頼もしい存在だ。ただ、私だけ取り残された気がして……少しだけ寂しくもあった。

それから2キロメートルほど進んだところで、森の中にかなり開けた場所を見つける。大学校の校庭くらいはあるだろうか。地面は土でむき出しの状態。そして広場の中央には、大きな岩山が鎮座していた。岩の側面には空洞があり、地下へと下る階段のようなものがチラリと見える。

「村長よ。あれはダンジョンではないか。街の近くにあるものとよく似ている」

ラドはそう言うけれど、ここにいるメンバーは一度もダンジョンを見たことがない。

「結界を延ばすのにも限度がある。まずはあの岩山まで固定しよう」

「これだけ広ければ、視界も確保しやすいですしね」

「ダンジョンだったら、なおさら好都合だよねー」

みんなの同意を得て、岩山まで結界を延ばそうとしたときだった――。

突然、３匹のオークが森から現れ、手慣れた感じで穴の中へと侵入していく。

「おい村長。あれってダンジョンなのか？　むしろオークの住みかなんじゃね？」

冬也はそう言いつつも警戒を強める。斥候のレヴに『探知』を頼むが、外からだと状況がわからないそうだ。兎人の聴覚強化をもってしても、穴の中の音は拾えないらしい。

「オークの住みかであれダンジョンであれ、結界で囲ってしまったほうがいいと思います」

安全確保のためにも桜の提案は正しい。そう判断した私は、ここまでの道程と合わせて、岩山の周りを半径20メートルほどの結界で囲った。

『ドーナツ状の結界の中に、岩山が隔離されている』

とでも言えばわかりやすいか。岩山が結界でグルッと囲われ、洞窟《どうくつ》から魔物が出てこられない状態だ。魔物が昇ってきても結界で防げるし、広場を拠点にして洞窟探索もできそうだ。

「なあなあ。このまま中を調べるのか？」

さっきまで警戒していたはずの冬也がワクワク顔で聞いてくる。

「戦力的には問題ないと思うが……。一応、待機する班と侵入する班に分かれよう。ただし、絶対に奥まで行くなよ。少し覗いてみるだけだ」

いきなりオークの大集団と遭遇することも考えられる。安全確保のため、鑑定役の春香と回復役の秋穂は外せないとして――。

みんなで話し合った結果。火力役に冬也と桜とロア、火力兼鑑定の春香、回復役の秋穂の5人で潜ることになった。まずはこの穴の正体を確認。危険があればすぐ戻るよう指示を出す。

ちなみに私はお留守番だ。参加しようとしたけれど、全力で却下されてしまった。仕方なく、残りのメンバーとともに待機する。

5人が中に入ってから40分ほど経っただろうか。

冬也たちがゆっくりと洞窟から出てきた。見た感じ、誰も怪我《けが》を負ってはいないようだが――。

「みんな、どうだった？」

待機組が見守るなか、冬也と春香が口を開く。

「さっきのオークが、中にいた大猪を狩ってた。んで、ドロップした肉を食ってた」

「ゴブリンや大兎もいたよ。レベルは外にいるやつらよりも高めだね」

２人の話を皮切りに、桜や秋穂からも説明を受ける。

・洞窟の中は岩をくり抜いた感じの構造。ゴツゴツとした岩肌が、結構な明るさで光っていた。松明《たいまつ》などの明かりがなくても視界は確保できる。
・基本、小部屋と通路で構成され、広さ的に４～５人程度の行動が適している。
・最初の小部屋に魔法陣のようなものを発見。その中央部には、真っ黒な石柱が鎮座していた。
・３部屋目でオークたちと遭遇。オークたちは、大猪を狩ったあと、ドロップした肉や魔石を食べ始めた。
・洞窟内の魔物は全体的にレベルが高い。とはいえ、陸上の魔物に比べ２～３割増し程度とのこと。

「村長。やはり間違いないぞ。黒い石柱と魔法陣。それは転移陣と言われるものだ」

「それってダンジョンの階層を一瞬で移動できる的な？」

「そうだ。どのダンジョンにも必ずそれがある。5階層ごとにいる階層主を倒すと解放される仕組みだ」

ラドからダンジョンについての話を聞いて、転移者メンバーの興奮は最高潮。解説そっちのけで盛り上がっていた。

この世界に転移して以来、魔法や魔物などのファンタジー要素はいろいろ目にしてきた。そこに待望のダンジョンと来たもんだ。異世界ものと言えばダンジョン。ダンジョンと言えばお宝だ。ゲームや物語ではないとわかっていても、心が躍るのは仕方がない。

今回の趣旨はレベル上げによる戦力強化だ。このダンジョンなら絶好の狩り場になるだろう。なによりも、他の転移者を気にする必要がない。

「階層があるってことは、魔物の強さが変化するタイプかもしれませんね」

「ああ。戦力をバランスよく分散したいな」

しばらくダンジョン考察が続いた結果——。日本人メンバーが階層を攻略し、兎人の戦士は2班に分かれ、低層でレベルを上げることになった。基本は朝から挑戦して、遅くとも夕暮れ前には村へ戻るつもりだ。

「んで、村長はどうする？　深い階層に行かなきゃ大丈夫だと思うけど」

「凄く魅力的だけど、しばらくはダンジョン周りの整備だな。ついでに周辺のオークでも狩っておくよ」

「……そっか。行きたいときは声をかけてくれよ？」

「ああ、そのときは頼む」

オーク狩りの目的は、村にいる非戦闘職をレベルアップさせることだ。ダンジョンがオークの餌場なら、放っておいても勝手に集まってくるだろう。私がそれを倒し、村人を近くに待機させればいい。ついでに周りの木を伐採したり小屋を建てたりと、拠点作りも並行して進めたいところだ。

結局、私以外の面子《めんつ》はこのままダンジョンを調査することに。私は1人で村に帰還。椿たちにダンジョン発見の報告をした。


その日の午後――。

「長よ。移民用の長屋が完成したぞ。問題なけりゃもう1軒建てるが、どうするよ？」

「おお、随分早いな。すぐ見にいくよ」

どうやらルドルグに頼んでいた長屋が完成したようだ。さっそく現地に向かい、出来上がりを拝見する。

「おお、内装まで整っているとは……恐れ入ったよ」

「家具は夏希の嬢ちゃんお手製だ。相変わらず器用なもんだぞ」

「これならすぐにでも住めそうだな。この調子でもう1軒頼むよ」

夏希の家具作りも軌道に乗ってきたようだ。どれも素人の作品とは思えないほど見事な出来栄《ば》えだった。

「あ、それとな。そろそろ川にある便所だけじゃ都合が悪い。この辺にも建てるけどいいか？」

「さすがにあそこだけじゃ足りないよな。わかった、任せるよ」

敷地外の長屋用にも必要なので、居住区に数か所建ててもらうことに。土に埋めれば自然と分解されるため、衛生面はそこまで気にしなくていい。

「それじゃあ、ダンジョンのほうもよろしく頼むよ」

「おう。大工道具と武器を持って行けばいいんだな？」

「ああ、ルドルグなら自分で狩れると思うぞ」

「ったく、儂らがオークを狩る日が来るとはなぁ！」

その日の夕方、冬也たちダンジョン班が帰ってきた。

今日は地下2階層まで潜り、3階層への下り階段を発見したらしい。兎人たちは1階層で狩りながら、魔物のリポップを検証してきたそうだ。

初めてのダンジョン探索。さぞ疲れているかと思いきや、みんなは楽しげに武勇伝を語る。

日々の単調な作業とは一変、ダンジョンの出現は良い刺激となったみたいだ。

――翌日――

今日も朝早くから東の森へ向かう。昨日の面子に加えて、椿や夏希、ルドルグたち建築班も同行している。とはいえ、ダンジョンに入るのは戦闘職のメンバーのみ。私は周辺の整備を担当するので、大冒険が始まるわけではない。「村長が死んだら元も子もない」と、しばらくの間はみんなの活躍を見守るだけだ。

それと昨日の初探索では、ゴブリンや大猪、大兎や大蜘蛛などを確認した。2階層も同じ種類だったが、魔物のレベルが全体的に上がったらしい。今のところは罠もないようで、すこぶる順調に進んでいる。ちなみに言っておくと、ダンジョンの魔物を倒しても『徴収』スキルはちゃんと発動している。その証拠に、ダンジョンの外にいた私はレベルが一つ上がった。

「桜、今日は3階層からだよな」

「はい！　どんな魔物が出てくるか楽しみです！」

「くれぐれも慎重に頼むぞ。時間はいくらでもあるんだ。焦る必要はない」

「了解ですっ。マッピングしながらじっくり探索してきますね」

「我らも1層と2層に分かれて魔物狩りの予定だ。引き続き、出現頻度の検証をしてくるぞ」

「ああ。何か法則が見つかったら教えてくれ」

みんなに注意を促しながら目的地へと歩いていく。と、広場に到着したところで、結界を殴る2匹のオークを発見。ダンジョンへの進入を妨害されて、お怒りのご様子だ。

「とりあえず魔法で倒しちゃいます？」

言いながら水の矢を発現させる桜。それを慌てて制止して、自分が倒す旨を伝える。せっかくの機会だし、2匹同時に相手できるかを試してみたい。ひとまずは椿、夏希、ルドルグの3人を引き連れ、オークのいる場所へと向かった。

こちらに気づいたオークたち。その怒りは最高潮といった感じだ。フゴフゴと叫びながら、必死に結界を殴《なぐ》り続けている。

「私が瀕死《ひんし》の状態までもっていく。無理しなくていいけど、可能ならとどめを刺してくれ」

さすがにオーク相手はキツいかな、と声をかけたんだが……。3人の覚悟は既に決まっているようだ。それぞれが武器を構え、真剣な顔でオークを見据える。私も剣術スキルをコピーして、結界越しにオークと対峙《たいじ》した。

まずは右にいるオークの腕を一閃《いっせん》。ドサッと鈍い音がする。

「ツガアァァァ！！」

切られた腕を押さえて叫ぶオーク。それを横目に、もう1匹の足を狙って薙《な》ぎ払う。

「ウガァァ……」

剣術スキルと上昇した力により、さしたる抵抗もなくオークの足を切り飛ばす。すぐさま一匹目の足を切り落とし、バランスを崩したところに追撃を加えていく。

完全に身動きが取れない状態を確認。3人がとどめを刺すと、2匹のオークが黒い霧を放ちながら霧散《むさん》。肉と魔石を残し消えていった——。

「啓介さん、お見事でした。これなら3匹でも対処できますよ」

「いやいや。みんなにもらった経験値のおかげだよ」

安全な場所からの一方的な攻撃。これが実力じゃないことは自覚している。だが卑怯《ひきょう》だとは全く思わないし、後ろめたい気持ちもない。

「おっ、3人ともレベルが上がってるよ！　しかも一気に3つも！」

春香の鑑定結果を聞いて、椿たちは素直に喜んでいた。


私の戦闘を見届けたあと、攻略組はダンジョンの中へと入っていく。

「さて、儂らも作業に取り掛かるぞ！　まずは伐採と資材確保からだ」

ルドルグの号令がかかり、それぞれが作業に取り掛かる。私と椿は伐採と枝打ちを。夏希が木材を加工すると、ルドルグは作業台を作り始めた。

この場所に作る施設は、10人ほどが寝泊まりできる長屋とトイレ。それに調理場と、水を溜めて置ける大きな桶《おけ》だ。湯を沸かすのが大変なので、風呂はひとまず保留にした。水魔法で沸かす手もあるけれど、ダンジョン攻略は日帰りが基本となる。宿泊所の建設も、あくまで開拓用として利用するつもりだ。

「なあ長。戦利品の保管場所はどうする？　その都度持って帰るのか？」

「あー、転送用の保管倉庫も作りたいな。長屋の隣にでも頼むよ」

「じゃあ、そっちを先に作るか。嬢ちゃんもそのつもりでな」

「おっけー！　任せといて！」

作業は順調に進んでいき、昼前には倉庫が完成。現在はトイレの建設に取り掛かっている。ときおりオークを倒しつつ、経験値も肉もおいしくいただいた。レベルアップの恩恵は凄まじく、3人の腕力はみるみる上昇。木材の運搬も楽になり、作業効率は格段に向上していく。

「ところで、村人のレベルはどれくらい上げるんですか？」

重そうな丸太を担ぎながら、椿が問いかけてくる。彼女が言う村人とは、戦闘職以外の者たちを指すようだ。子どもを含め、生産職の仲間のことを気にかけていた。

「ひとまずレベル20が目標かな。それだけあれば、村周辺の魔物は余裕だと思う」

「レベル20ですか。それならオークすら倒せそうですね」

「街にいる日本人のこともあるからね。ある程度は自衛できるようにしたい」

村の中ならともかく、結界の外へ出る場合もある。伐採や交易路作りなどで、不意に敵と対峙したときが心配だ。立ち向かうことはできずとも、逃げ切れるだけのチカラは身に着けてほしい。


トイレや桶の設置が終わった頃、ダンジョンからみんなが帰還してきた。そのまま村へと戻りながら、今日の進捗を報告し合う。私も桜の隣を歩き、冒険譚《たん》に耳を傾けていた。

「今日は4層まで下りましたよ。レベルは結構高めで、出てくる魔物も変化しました」

魔物の平均レベルは15まで上昇。ゴブリンファイターやゴブリンアーチャーなど、新種の魔物が湧き始めたらしい。

「まさに異世界ファンタジーの定番だな。見た目なんかも違うのか？」

「ファイターは剣と革鎧《よろい》を、アーチャーは弓を装備していました」

残念ながら、剣や鎧はドロップしなかったようだ。「狩りまくればワンチャンあるかも」と、桜たちは息巻いている。そして大猪や大蜘蛛に関しては、体躯《たいく》が大きくレベルも高いみたいだ。

その分素材の量も多いらしく、森で狩るより効率的だと話していた。

「村長。我らからも報告があるぞ。魔物のリポップについてなんだが――」

ラド曰く、魔物は小部屋でのみ生成されるようだ。通路を歩いていることはあっても、通路上で生まれることはない。地面から黒いモヤが湧き出すと、そのあと20秒ほどかけて実体化。リポップまでの時間はバラバラで、1時間から半日の範囲でランダムに出現するそうだ。

結局、話は尽きることなく、みんなは村に着くまで騒いでいた。

——ダンジョンの発見から1週間が経過——

攻略班の活躍は目覚ましく、日々着々と歩みを進めた。既に5階層のボスを倒し、転移陣の解放にも成功。常に安全マージンを取りながら、無理のないペースで挑んでいる。

そんな今日も探索を終え、夕食がてら話を聞いているところだ。

「——って感じでさ。今のところは順調だよ。オレの出る幕はほとんどないかな」

「いえいえ。冬也くんの出番はこれからですよ。みんな期待してますからね！」

「でもボスのときみたいに、桜さんが倒しちゃうでしょ？」

みんなに聞いた話によると、5階層のボスは『ホブゴブリン』という種族とのこと。身長は約2メートル。手には大きな鉈《なた》を持ち、革の鎧を身に着けていたらしい。例えるなら、ゴブリンを巨大化させ、筋骨隆々にした感じか。それに加えて取り巻きが6体。ゴブリンファイターとアーチャーが、3匹ずつ待ち構えていた。

とはいえレベル差があり、魔法による先制攻撃すら可能な状態。桜とロアが魔法を放つと、一瞬で消滅したらしい。結局、冬也の出番はないまま、ボス戦は幕を閉じる。

しばらくすると、部屋の中央付近に変化が――。地面から黒い石柱がせり出し、すぐさま魔法陣が展開する。石柱に触れると、1階層の転移陣に転送されるそうだ。

ちなみに、階層ボスから宝箱が出現したり、レアな素材がドロップしたりといった、ゲーム的な要素はなかった模様。いつもの臭っさい腰蓑《こしみの》と魔石が落ちただけ。みんな期待していただけに、この結果にはガッカリしていた。

そして6階層に降りてからは、オークだけが出現するように。レベルは25前後と高く、部屋によって3～6体の集団と遭遇する。現在は7階層を攻略中だが、今のところオーク以外の魔物は見ていない。ファイターやメイジといった上位種も出てこないみたいだ。

「ところでラド、魔物の湧きに関してはどうだ？」

そんな一方、ラドたち兎人のメンバーには、5階層までの調査を頼んでいた。各部屋を巡回しながら、魔物が湧く仕組みを調べてもらったんだが……。

「今のところ、リポップの間隔に法則性はないようだ。同じ部屋でもその都度バラつきがある」

やはり魔物の湧き時間はランダムのようだ。種族もレベルもまちまちで、狙い撃ちすることはできない。出てくる魔物はゴブリン種と大猪、あとは大兎と大蜘蛛の4種類。その中から数体が選ばれ、不規則にリポップする感じだった。

「わかった。これで調査は切り上げよう。明日からはレベル上げを優先してくれ」

報告会が終わったあとも、席を立つ者は少ない。暗くなるまで話が続き、ダンジョン談義に花が咲く。

異世界生活120日目

異世界に飛ばされてから4か月。ここでの生活にも随分と慣れてきた。

獣人たちとの共同生活、そしてダンジョンでの冒険と、各々が異世界ファンタジーを満喫している。以前のような焦りは消え、心にもゆとりができてきた。

そんななか、メリー商会が村を出てから3週間近くが経つ。が、いまだに何の連絡もない状態だった。議会との交渉が難航しているのか。それとも厄介ごとに巻き込まれているのか。ステータスを確認しても、村人は1人も減っていない。となれば、命に別状はないはずだが……ついつい、良からぬことを考えてしまう。

(まあ、今は待つしかないよな)

上手くやってくれると信じ、こちらも日々、受入れの準備を進めていく——。

村では2軒目の長屋が完成し、選定にあぶれた移民用の長屋もあと数日で建て終わる。ダンジョンのほうにも長屋が1つ。炊事を含め、寝泊まりできる環境が整った。村人のレベル上げも順調に進み、早い者ではレベルが20に達している。

当初は、結界に寄ってくるオークを私が倒していた。が、ラドたち戦士団が倒せるようになってからは、村人の選出を含めて丸投げした。私自身、それほど忙しいわけでもなかったが、ラドからの申し出に遠慮なく甘えることに。

一方、ダンジョンについては、桜たちに攻略方針を一任。無理をしないことを前提にして自由にやらせている。村の作業にしても、農業担当の椿、物資担当のメリマス、建築担当のルドルグと、私が出張る必要はほとんどない。

村での共同生活を始めて4か月。ようやく村長っぽい立場に収まっていた。

(そろそろ未来について考えるべきだよな)

目先の目標ではなく、もっと先のことを。そう思い、考えを巡らせていく。

まずはなんと言っても『日本に帰れるか』という問題だろう。異世界の言語が理解でき、ゲームのようなシステムがある時点で、まず間違いなく何者かが介入しているはず。

私を含めた転移者たちは、異世界に召喚された目的を知らされていない。けれど、人族領にいる勇者や聖女なんかは別だ。超常の〝ナニカ〟と接触、もしくは何者かに召喚され、与えられた使命の元に動いているかもしれない。いずれにせよ、これだけ大規模な異世界召喚となれば、おいそれと返すつもりはないだろう。

それにぶっちゃけた話、私自身は帰りたいと思っていない。たぶん、『村スキル』なんていう特別な力を得たからだろう。過ぎた力に溺《おぼ》れ、自ら破滅の道を進まない限りは、日本にいた頃より楽しい人生を送れる。そう考えると、帰りたいなんていう気持ちは湧いてこなかった。これに関しては頃合いを見て、村の日本人たちの考えを確認するつもりだ。

次に考えるのは、『この世界との関わり方』について。

現状わかっている範囲だと、この大陸に存在するのは、人族と獣人族の2種族のみ。どうやら戦争になるらしいけど、それをどうこうしようとも、できるとも思っていない。戦争行為自体についても、結局は勝ったほうが正義だ。『どちらが善で、どちらが悪か』なんて考えても意味がないし、心底どうでもいい。

とはいえ、人族が獣人族を飲み込めば、いずれナナシ村にも危害が及ぶだろう。獣人領が村の防壁になっている以上、ある程度の支援は必要だと考えている。

(まあ、このへんはメリナードからの報告次第だな)

そして最後に『敷地の拡張』について。

拡張できる余裕があまりないので、スキルレベルが上がってくれる前提の話だが……。

まずは南の海岸まで敷地を延ばして、塩や海産物を確保したい。これには、大陸の東と西を完全に分断する利点もある。村の拡張については、まだまだ空き地があるので後回しだ。

それよりも北の山脈付近を拡張して、鉱山を発展させたほうがいい。すぐ近くに川があるし、生活するための条件は整っている。今までの傾向から察するに、次の能力解放時には、とてつもない面積を獲得できると思う。南の海岸や北の鉱山まで拡張しても、かなりの余裕があると期待しているところだ。

（あっと、肝心なことを忘れてたわ……）

生活基盤が整ってきた以上、『彼女たちとの関係』もハッキリさせないといけない。結果がどうなろうとも、自分の思いを伝えておく必要がある。それとなく濁していたが、そろそろ面と向かって話し合うべきだろう。


翌日。朝食を終えた村人たちが、各自の作業へと向かっていく。

そしてこの場には、私と椿、桜と春香、それにロアだけが居残った。自宅のリビングに場所を移すと、5人がテーブルを囲んで向かい合う。

「えっと、もう察してると思うけど……。今日集まってもらったのは、私との関係についてだ。

お互いどう思っているのか、いろいろとハッキリさせておきたい」

そう切り出すと、みんなが神妙な面持ちで居住まいを正す。続く言葉を待つかのように、こちらを見つめて黙り込んだ。

「俺も全部ぶっちゃけるからさ。みんなも本音で話してほしい。一応言っとくけど、村長の立場は関係ないぞ」

あくまで個人の意見だと念を押し、4人が頷いたところで本題に入る。

「もういい歳だし、鈍い方じゃないからさ。みんなの好意には気づいてたよ。もちろん、忠誠度とは別の意味でね」

それがどんな感情なのかはさておき、異性として見られているのは確かだ。

「俺、4人のことは好きだよ。異性としても、めちゃくちゃ意識してる。でも恋愛感情とは違うんだよね。どっちかっていうと、庇護《ひご》欲に近いものだと思う」

「庇護欲って言うのは父性的な？　それとも独占欲みたいなもの？」

と、ここで初めて桜が口を開く。

「たぶんその両方だな。お前のようなやつには渡せん！　みたいな？」

「全員を囲っちゃおうとか思わないの？　状況的には十分可能でしょ」

「いや、ハーレムはちょっとな……。別に含みを持たせるわけじゃないけど、今のところは全然ない。付き合うとか、結婚したいって願望もないな」

「じゃあ、性的な欲求はどうです？　異性として意識してるんだよね」

「そりゃあるよ。歳の差を加味しても欲求はある。これでもかなり自制してるんだ」

ハーレムは問題外としても、男女の関係に疎《うと》いわけじゃない。お互い良い仲になれば、そういうことだってあるだろう。

――と、そこまで話したところで、女性陣が自分の思いを語り始める。

「わたしは啓介さんのこと好きよ。助けてもらった恩があるし、異性としても気になってる。顔はそこまで好みじゃないけど、割り切った関係ならアリかな」

そう言ったのは春香だ。歳もそれほど離れてないし、「そういう関係になっても自然でしょ？」ってことらしい。世間一般の恋愛感ではなく、あくまで好意の範疇《はんちゅう》だと言い放った。

「私は……というか、兎人族の女としては、やっぱり優秀な子孫を残したいですね。村長に好意はありますけど、個人的な思いはありません」

ロアは種族的な観念なのか、それが当たり前なのだと語る。個人的な感情は度外視で、俺の能力自体に惹《ひ》かれているようだ。ともあれ、積極的に動くつもりはないとのこと。

「私はアレかな。性格と能力を天秤《てんびん》にかけて、って感じ。まあ、誘われれば断りませんよ？」

桜は最初に会ったときからずっとそんな感じだった。俺が手を出してこないことに加え、趣

味が合うのもプラスの要素らしい。今は魔法に夢中だし、当面はファンタジー世界を満喫したいそうだ。チラッと椿を見たあと、何やら２人で頷き合っていた。

「私は……。私は啓介さんが好きです。異性として魅力を感じています」

椿は視線を逸《そ》らすことなく俺を見つめる。少しだけ目を潤ませ、それ以上のことは何も語らなかった。再び桜と目を合わせ、満足そうに微笑《ほほえ》んだ。ふと気づけば、春香とロアも一緒になって笑っている。

（……なるほど。全て予定調和ってことか）

唯一、私への思いを宣言した椿。彼女に関しても、何をどうしたいってわけじゃないらしい。当面は村の発展を優先しつつ、いろんな意味で積極的に動くそうだ。しばらく経つと、彼女はそんなことを宣言した。

「まあ、誰かと結ばれるにしてもさ。亀裂とか、序列ができるのは避けたい」

上から目線の物言いだとは重々承知している。が、実際起こり得ることだし、村の崩壊へとつながりかねない重要案件だ。ぶっちゃけ話のついでに念を押しておく。すると桜がおもむろに――。

「ねえ。とっくに気づいてると思うけどさ」

そう前置きをして、これまで彼女たちがしていた密談について語り始める。

・このような場があるまでは、全員、抜け駆け禁止にしていたこと。
・場合によっては、俺をシェアすること。
・不意の進展があった場合は必ずみんなに報告すること。

などなど、俺の取扱い方法を事細かに暴露していった。しかもこれ、椿と桜が村に来てすぐに決めたらしい。やがてロアや春香を巻き込んだ末、現状へと至っている。

「わかった。あとは流れに任せるってことで頼む」

「元よりそのつもりですよ。ただ、情報共有は続けますけどね」

「ああ、それで収まるなら構わないよ」

どう取り繕ったところで、俺もハーレムよろしく、欲望まみれのおっさんということだ。ただ、それを実行に移すかは別の話。随分と卑怯な言い方になるが……節度を守った上で、自然の流れに身を任せたい。

結局、昼になるまで話は続き、お腹が空いたところでようやく解散となった――。


――その日の午後――

私は主要メンバーとともに村会議を開いた。午前の一件があり、今日のダンジョン探索は中止。冬也やラドたちも朝から村に残っている。これはちょうど良い機会だと思い、いつもの面子に声をかけた次第だ。みんなが集まると、誰からともなく気になったことを話し出す。

「そういえば、メリナードさんからの連絡は？　そろそろ戻ってくる頃ですよね」

街の話題になったとき、桜がそう問いかけてくる。帰還予定日は昨日のはずだが、いまだに伝令の一つも届いてこなかった。

「村長よ。この前も言ったが、我らが様子を見にいこうか？」

「いや、それはやめておこう。何かあったときの2次被害が怖い」

「……そうか。まあ、しばらく待つのも良いだろうな」

期日を過ぎたとはいえ、まだ1日だけのこと。数日遅れることもあると、出発の段階で話し合っている。ラドの提案を却下して、ひとまず気持ちだけ受け取っておく。

「それはそうと長よ。結界の外に作ったアレ。周りの柵《さく》はどうするよ？　さすがに何もなしってわけにはいかんだろ」

アレと言うのは長屋のことだ。既に建屋は完成しており、あとは内装だけだとルドルグが教えてくれた。難民用として建てたものだが、いかんせん周囲は野ざらしのまま。魔物が襲ってくればひとたまりもない状態だった。

「それもそうだな。私たちも手伝うから、このあと一気に仕上げようか」

「よし！　そうとなったら準備が必要だな！」

ルドルグはそう言うと、ラドやロアを連れて駆け出していく。まだ会議は始まったばかりだというのに、実に慌ただしいことだ。巻き込まれた２人は渋々とついていった。

（まあいいか。どうせ聴覚強化で聞こえるだろ……）

――と、会話が途切れたところで、ふと思い立つ。

「なあ、そういえばさ。みんなは日本に帰りたいと思ってるのか？」

せっかく全員が揃っているので、日本への帰還について聞いてみることに。自分はどっちでもいい派だと伝え、みんなの反応を待つ。と、すぐに冬也から、

「なあ村長。どっちでもいいって、どういう意味だよ？」

「こっちでずっと暮らすのもなぁ。でも今さら帰ったところでなぁ。みたいな感じだ」

「あー、それわかる。ってか、オレも同じだわ」

他のメンバーも似たような感覚らしく、絶対に帰りたいってやつは１人もいなかった。

「そもそも帰れるのかって話だけど、今は考えるだけ無駄だよな」

無駄ってことはないけれど、過度な期待はしないほうがいいだろう。現状、帰還の方法はおろか、手掛かりすら見つかっていない。

「しかしアレだな。全員、帰れなくてもいいだなんて、それはそれで怖いよな」

せめて1人くらい、帰還を望んでもいいと思うのだが……。まるで世界の意思に支配されているような。もしくは洗脳でもされているかもと、あらぬ妄想を語る。

「え、なんだよそれ。やめろよ村長……」

「でもみんな。実際、帰りたいって考えたことあるか？　少なくとも私はないぞ」

「そう言われると、ないかも」

「私もないですね……」

冬也に続き、夏希や桜も怖がりはじめた。どうやら全員、帰還を考えたことはないらしい。転移直後は別として、それ以降は考えもしなかったようだ。

「まあ、みんな異世界好きばかりだしさ。順応性が高い、ってことにしておこうか」

私が無理やりまとめると、みんなは引きつった顔で頷く。唯一、ケロッとしているのは椿くらいか。彼女だけは、平然とした態度で話を聞いていた。そして突然——。

『この会話の謎が判明したのは、それから随分と経ってからであった』

何を思ったのか。普段は出さない野太い声で、彼女はそんなことを言い放つ。その場の空気が凍りつき、みんなは呆気《あっけ》に取られてフリーズする。

「あ、ごめんなさいね。ただの冗談です。なんの根拠もありませんよ」

「なんか椿が言うとソレっぽいな。俺もちょっと怖くなってきた……」

そんなこんなで、鍛冶や農業関連の話に移りつつ、久しぶりの村会議はお開きとなる。

椿のセリフが伏線じゃないことを祈りながら、今日も穏やかな1日が過ぎていくのであった。

異世界生活127日目

村会議から6日。ようやくメリナードたちが戻ってきた。

一昨日の昼頃、槍士のウルガンから先触れをもらっている。今回は奴隷を引き連れてくるらしく、受入れの準備をお願いしたいとのことだ。予定人数は9名。そのいずれも、獣人の借金奴隷だという。議会との交渉は無事に終わり、詳細はメリナードから聞くことになった。

「村長、お久しぶりです。帰還が遅れてしまい申し訳ございません」

「いや。みんなの顔を見て安心したよ。いろいろ大変だっただろ」

メリナードたちの表情はすこぶる明るい。村に戻れたことを喜び、出迎えた村人たちと楽しそうに言葉を交わす。そして後ろに見える奴隷たちは、思いのほか生き生きとして見える。

疲れた顔をしながらも、目が死んでいるような絶望感はない。全員が結界を見て驚き、しきりに村の様子を眺めていた。

「奴隷たちですが、あの長屋に案内すればよろしいですか？」

「ああ、そのへんは春香に任せてあるからさ。引継ぎと説明を頼むよ」

「承知しました。ならばメリマスに対応させましょう」

奴隷のことは春香たちに丸投げ。私はメリナードとともに自宅へと向かう。護衛のウルガンとウルークには、結界の外で警備に就いてもらった。

「村長、先に教会へ寄ってもよろしいですか。祈りを捧げたいのですが――」

「もちろんだよ。気が利かなくて悪いね。ってメリマスたちはいいのか？」

「はい。一段落してからで結構ですよ」

教会で祈りを捧げたあとは、自宅でステータスの確認をさせてもらう。今日は剣術スキルをコピーしたので、直接鑑定することができない。

「お、空間収納のレベルが上がってるぞ。しかも忠誠度88って……」

「なんと、まだその程度でしたか……。面目《めんぼく》ありません」

高いことに驚いたのだが、本人は納得していないようだ。相当悔しかったのか、ウンウンと唸《うな》り、眉間にしわを寄せる。リビングへ向かう途中も頭を悩ませていた。

「それでは、議会の件をご説明します。疑問点などあれば、その都度おっしゃってください」

「わかった。よろしく頼むよ」

メリナードが落ち着いたところで、議会との交渉結果を聞いていく。

「まずはこちらの要求ですが、建前上は全て通りました」

交易はメリー商会を通すこと。移住者の募集と奴隷の購入を認めること。そして村に干渉しないこと。この全てが認められて、議会のお墨付きを得ている。

一方、議会が出した条件と言えば、食糧を軍に卸すことだけだった。一般販売を取りやめ、議会が独占して買い取ることに決まる。

「建前と申し上げたのは、村の監視についてです。不干渉を認めたものの、それなりの調査は行われるでしょう。まあ、あからさまな行動は避けると思いますが」

「なるほど。それくらいは当然だろうな。向こうにすれば怪しい村なわけだし」

「村の規模や人数、村長や転移者の存在は、議会へ報告しております。結界と農耕スキルのことも説明しました。もちろん、教会と女神の加護については話しておりません」

すべてを隠しては余計に怪しまれる。女神のこと以外はある程度話すと決めていた。

「議会が強硬手段に出る、みたいな話はなかったのか？」

「村を属領にする案は当然出ました。しかしながら、安定した食糧の調達は、議会の最重要課題です。そして同じ日本人である日本商会への配慮もあってか、却下されました」

「却下というか、様子見の保留だな。こっちが暴利を吹っ掛けなきゃ大丈夫だろう」

「はい。まさにそのような雰囲気でした」

大人しくしていれば問題ないが、もう少し歩み寄ったほうがいいかもしれない。どうせ村の場所も特定してくるだろうし――。

「いっそのこと、議会の人間を村に呼ぼうか。コソコソと探られるよりマシだろう」

「ええ、その件をご相談したいと考えておりました」

どうやらメリナードも同意見みたいだ。正式な使者を招き、村を見せたほうがいいとのこと。

「議会のことはわかった。それで、他の商会はどんな感じ？」

「大手はつながりを持ちたいでしょうが……おそらくは動かないでしょう。議会が決定したことですしね。当面は我が商会の動きを見ながら、といったところです」

「横やりを入れた場合の取り決めは？」

「それはもう、くどいと戒められるほどに伝えて参りました。問題ありません」

「そうか。苦労をかけるね」

「当然のことです。それで日本商会についてですが――」

メリナード曰く、日本商会はこの件に終始肯定的。反対意見は一切なかったらしい。ただ、取引品目に米があると知ったときだけは執拗《しつよう》に食いついてきたそうだ。ちなみにこの日本商会、議会とはかなり親密な関係にある。「軍から食糧を横流しさせ、独自の農業体制を確立するかも」と、メリナードは懸念している。

「まあ、好きにさせておこう。村の恩恵がない以上、到底上手くいくとは思えん」

「なんにせよ、議会が掌握したことは日本商会にも筒抜けかと」

「ああ。そのあたりも含めて、村の視察計画を練ろうか」

議会との交渉に納得できたところで、持ってきた物資と奴隷についての話に移る。

今回は鉄や銅のインゴットを主軸として、照明用の魔道具、香辛料、生活用品などを取り揃えた。他にも釘《くぎ》や建築道具など、鉄製品を多めに購入している。

「むろん、みなさんから要望のあった品も用意してあります」

「それはありがたい。きっとみんなも喜ぶよ」

「それと椿さんからの依頼でクルック鳥を10羽。こちらは卵用ですね」

クルック鳥とは、日本でいう鶏《にわとり》に近い品種のようだ。育てるのが簡単で、毎日のように卵を産むらしい。魔物ではなく、普通の動物だと教えてくれた。

「あと奴隷についてですが、今回連れてきたのは全て借金奴隷です。主に日本商会絡みで仕事を失った者たちですね」

「ほぉ。ちなみに職種は？　ベリトアみたいな鍛冶職人とか？」

「いえ、今回は採掘関連の職人です。鉱山に手をつけるにしても、まずは経験者が必要かと」

「採掘か……。でもそれって、犯罪奴隷が従事するんだろ？」

鉱山で働いているのは、犯罪奴隷ばかりだと聞いたのだが――。

「採掘に関してはそうですね。今回連れてきたのは、製錬作業の職人とその家族です」

「ああ、そういうことか。ちなみに家族も一緒なのは、忠誠度を上げるためか？」

「はい。他者に買われていた者たちを買い戻して参りました」

「なるほど、それは効果が見込めそうだ」

奴隷の内訳は、職人の成人男性が３人、その家族が６人。いずれも奴隷に堕《お》ちて日が浅く、精神的な負担は少ないらしい。村や忠誠度の説明も既に済ませていた。

と、報告を聞き終えたところで、ひとまず昼飯を食べることに――。

集会所に到着すると、食事中の春香が席を立って近づいてくる。何やら私たちが来るのを待っていたらしい。奴隷の忠誠度を見るために、居住の許可を出してほしいそうだ。

「さっきまで話してたんだけど。みんな、結構いい感じなんだよね」

春香の受けた印象だと、村人になれる可能性が高いそうだ。「早く試してみて」と促され、メリナードと３人で長屋へと向かった。


緊張した面持ちでこちらを見る奴隷たち。

ベリトアと同じ熊人族で、男性陣は大柄でゴツいが、女性や子どもは小柄でほっそりとしている。ひとまず居住の許可を出し、みんなと挨拶を交わしていくと――。隣に並ぶ春香が親指を立てて見せる。どうやら忠誠度のほうは問題ないみたいだ。

「メリナード、奴隷の解放って今すぐでも可能なの？」

「はい。隷属の首輪に触れて、主人が解放宣言をするだけです。現在は私が主人ですので、今すぐにでも可能ですよ」

次々と首輪を外すメリナード。解放された熊人たちは、戸惑いや疑念の表情を見せる。

「あの、村長さん……」

やがて男性の1人が前に出ると、何やら言いづらそうに私を見た。

「遠慮なく言ってくれ。みんなはもう村の住人なんだ」

「えっと。まずは村に住まわせてくれてありがとう」

「ああ、みんなが来てくれて嬉しいよ」

「だけど話があまりにも魅力的、と言うか好条件すぎて……」

借金の肩代わりに加え、家族まで集めたことに不安を感じているようだ。何か裏があるんじゃないかと、どうしても信じきれない様子。

「あの、本当に仮の話なんだけど、おれたちが村から逃げたらどうなる？」

「ん？　別に逃げても構わないぞ。そのあとは他人になるだけだ」

「今日初めて会ったばかりなのに……。忠誠度ってそこまで大事なのか？」

「もちろんだ。この村においてはそれが全てだよ」

「……そうか。村長ありがとう。おれたち、村のために精一杯頑張るよ」

納得とはいかないまでも、それなりの信用は得られたようだ。既に忠誠度は高いし、家族が一緒となれば、安心して暮らせるだろう。

「さあ、早く村に入ってくれ。昼食を兼ねて歓迎会といこう！」

熊人の家族は、自己紹介をしながら村のみんなに迎えられる。初めは緊張していたが、子ども同士が遊び出してからは、親のほうも笑顔を見せ始めていた。多少時間はかかるだろうけど、この調子ならうまく溶け込めるだろう。

ちなみに、メリナードが連れてきたクルック鳥は、なんの問題もなく結界を素通りしている。村に害がないからなのか、それとも魔物ではないからか。結局、答えは出ないまま、途中で考えるのを諦めた。


その日の昼食後。村の案内を春香に任せ、私はルドルグと打合せをしていた。こうして鉱山関係者を迎えた以上は、いろいろと設備を整えておきたい。

「――ってことで、鉱山の作業場とクルック鳥の飼育小屋を作ってほしい」

「それは構わんが、場所は決めてあるのか？」

「飼育小屋のほうは任せる。椿と相談して決めてくれ。でも鉱山のほうは、一緒に来てくれるとありがたい。明日、熊人の３人を連れていく予定なんだ」

「わかった。鶏《とり》小屋は弟子に任せて、儂が鉱山に行こう」

「助かる。早朝に出発だからそのつもりで頼むよ」

急なお願いにもかかわらず、ルドルグは二つ返事で承諾してくれた。村に来てくれて以来、ずっとこの男に頼りきり。職人としても人間としても見習うべき存在だ。

「それはそうと長よ。結局のところ、長屋は必要だったんか？　みんなすぐ村に入れたが……」

「いやいや。毎回こんなに上手くはいかないよ。近いうちに必ず必要になる」

「そんなもんか？　まあいい。儂は鶏小屋の打合せにいくからな！」

のっそりと歩き去るルドルグを見送り、私は1人自宅へと戻る――。

リビングにはメリナードとメリマスを待たせていた。ウルガンとウルークはダンジョンに興味があるらしく、場所だけでも確認したいと言って向かったそうだ。

「待たせて悪い。メリマスも、熊人たちへの対応ありがとう」

「いえいえ。さっそく打合せを始めましょう」

大方の話は聞いているが、引き続き細かい調整をしていく。

「まず決めておきたいのは、議会に販売する食糧の種類と量、それに交易頻度ですね」

「ふむ。ちなみに議会の要望は？」

「多ければ多いほど、だそうです。首都への輸送も視野に、できる限り融通してほしいと」

現在の収穫サイクルは、芋が16日、米が25日、麦が27日。米は精米まで、麦は製粉まで加味した日数となっている。1回の収穫で米が約3トン（米俵50俵分）、麦は約2トンの収穫量が見込める。

たった1度の収穫で、村人全員が1年は食べていける計算だ。すなわち、販売量の上限を気にする必要はない。むしろ定期的に出荷しないと、倉庫がパンクしてしまうだろう。

村の現状を2人に伝え、商売のプロに助言を仰ぐ。

「では月に2回、米と麦を交互に輸送しましょう。芋は収穫量が多いので毎回運びます」

「販売量はどうする？　万が一を考えて、ある程度は備蓄しておきたいが……」

「でしたら、常に2年分ほど備蓄しましょう。余剰分だけでも相当な量になりますから」

確かにそれだけあれば十分だろう。頻度や種類についても問題ないと思われる。商人の手腕と目利きに驚きつつ、ふと思いついたことを聞いてみる。

「ところでさ。芋と米と麦のうち、一番人気なのはどれなんだ？」

「それでしたら、間違いなく芋ですね。米も流通し始めれば流行《はや》るでしょう。麦はこの世界の主食ですから、そこそこと言ったところですね」

やはり芋が一番人気のようだ。村人たちの様子からも、そうだろうとは思ったけどね。

「あとは販売価格なんだが……私には皆目《かいもく》見当がつかない。メリー商会に一任するよ」

お金はあったに越したことはないが、街の物資さえ手に入れば問題ない。相場がわからない以上、そもそも駆け引きのしようがなかった。

「何か条件や要望はございますか？」

「そうだな。まず安売りはやめてくれ。街の商売人から恨みを買いそうだ。あとは好きにしてくれたらいいよ。とくにこだわりはない」

「――では、販売額は我が商会にお任せいただき、売上げの8割を村へ、残りの2割をメリー商会がいただきます」

「2割？　よくわからんけど、さすがに少なくないか？」

管理費や運搬賃など、他にも経費がかかるだろうに。それで採算がとれるのだろうか。利益ベースならともかく、商会の取り分が少ないように思うが……。

「我が商会は、ナナシ村唯一の窓口ですからね。それだけで十分な価値があります。目先の利益など些細《ささい》なもの。村が発展すればおのずとついてきます」

「村を大きくできるかわからんし、私の判断でしないかも知れんぞ？」

「それでも構いません。そもそも、私とて村の一員ですからね」

「そうか。ところで２人の家族は？　もしいるなら村人になれるか確認したいんだよね」

『家族が村に入れなかった』

『だから私たちも村人をやめます』

そんな理由でメリー商会を手放すのは勘弁だ。できるだけ早く確認しておきたい。

「私には妻が、メリマスには妻と子がいます。次回来訪するときに連れてくる予定です」

「わかった。使用人も含めて、信の置けそうな者は連れてきてくれ」

「はい。ではそのように――」

そのあと、交易品の選定や、移民の条件を中心に話を詰めていく。新たに見つかったダンジョンについては、当面隠す方向でまとまった。下手に話すと冒険者ギルドの介入があるらしい。


――翌日――


北の鉱山に向けて歩くこと2時間。ようやく現地へと到着した。

昨日村人になった熊人３名の他、ルドルグとメリナードの２人が同行している。

「道中の路面も状態が良いですし、馬車を利用してはいかがしょう」

「馬車か……。それは名案だが、村まで連れてこられそう？」

「馬ならなんとか引いてこられますし、荷台は私の空間収納があります」

「そうか。ダンジョンへの移動にも使えそうだし、用意してくれるとありがたい」

（この際だ。街から集落までの道も開通させるか。今さらコソコソする意味はないからな）

などと考えつつ、小休止を入れてから視察に入った。今は熊人たちが試し掘りをしているところ。獣人領と地層は変わらないが、鉱石の含有量はこちらのほうが多いらしい。

「掘り進めてみないとわからないが……。かなりいいものが採れそうだぞ」

「おお、マジか。敷地を拡げた甲斐《かい》があったよ」

３人とも同じ意見なのでひとまずは安心だ。私の鑑定結果でも、鉄や銅などを確認できた。

「あとは集積所の場所決めだな。ルドルグ、製錬の魔道具なんだが――」

そう言って、必要な設備や建物の大きさを決めてもらう。どちらも専門的なことなので、ルドルグと熊人たちに全て任せた。素人が口を出してもロクなことにならない。私はメリナードと話しながら、打合せが終わるのを待った。

――と、早くもルドルグたちが戻ってくる。まだ10分と経っていないが……。

「長よ。結界を拡げることはできるか？」

どうやら今の広さだと足りないみたいだ。山肌に沿って20メートル、敷地の拡張を希望している。その程度なら余裕があるし、拡げても問題ないだろう。

「これくらいでどうだ？　もう少しならいけるけど」

「いや、これで十分だ。あとは任せておけ。明日からさっそく取り掛かるぞ！」

製錬炉は高熱を発するため、屋外に設置しなければならない。四阿《あずまや》みたいな感じで、雨よけの屋根だけを作るらしい。他にも3つほど小屋を建て、保管所や休憩所、転送用として利用する計画だ。当面は試運転を目的として、本格的な採掘は人手を確保してからとなった。

当分の間は、村で利用する分だけを確保できればいい。作業時間についても、毎日夕暮れ前には村へ帰るよう指示を出す。

それと熊人の妻や子どもについてだが――。全員、村の中での作業を希望している。のんびり農作業でもしながら、村に馴染んでくれたらいい。

15章　交易路の開通

翌日の早朝。たくさんの村人が見送るなか、メリナードたちが街へと向かう。再会は20日後の予定。次回は家族を連れての帰還となるだろう。

「無理して急ぐ必要はないからな。くれぐれも慎重に頼むぞ」

「はい、お気遣《きづか》いに感謝を。では行って参ります」

森の中へと消えゆく一行。そんな彼らの後ろ姿に、荷馬車の必要性を強く感じていた。

街まで道がつながれば、馬車を使って3時間。馬の休息を考慮しても、わずか半日足らずで到着できる。土魔法で固めた平坦な道のりだから、馬や荷台の他、尻への負担も少ないはずだ。

定期的に利用する以上、交易路の開通は必須条件となるだろう。

――ってなわけで、今日から本格的な作業に取り掛かっていた。

木こりの夫婦はもとより、ダンジョン攻略班も参戦中。総勢16名による開拓は、人力とは思えない速度で進む。むろん私も参加しており、伐根や路面整備に汗を流している。

桜の水魔法で木々をなぎ倒すと、木こりの2人が器用に枝打ち。ラドたちが丸太を担いで集積所まで運び出す。そして、切り株だらけの地面に土魔法を発動。土を柔らかくして、木の根を強引に引き抜いていく。

ちなみにナナシ村から集落までは、約15キロメートルの道のり。これまで50日の期間を要して開通させた。一方、集落から街までも同程度の距離がある。が、この調子で進めば、思いのほか早く終わるだろう。

日暮れ前には作業を切り上げ、大勢で談笑しながら村へと戻る。

「みなさんお帰りなさい。夕食の準備ができていますよ」

「みんなお疲れ。初日にしてはかなり順調だったな」

「でも、往復にかかる時間がもったいないです。明日からは集落に寝泊まりしませんか？」

そう提案したのは桜だ。道が整備されたとはいえ、到着までに2時間はかかる。往復で4時間のロスは確かに効率が悪い。

「桜殿。我らは全く構わないが、村に残る者たちはどうする？　風呂が使えんだろう」

「あ、私はぜんぜん平気ですよ？　水浴びでも問題ないです」

「わたしも大丈夫だよ。開拓優先でいいからね」

ラドの憂いをよそに、椿と夏希はそう返していた。獣人族のみんなにしても、もともと風呂の習慣がないので気にならないようだ。みんなが私を見ながら結論を求める。

「じゃあ、しばらくは集落に泊まろうか。物資は転送できるし、不都合はないだろう」

「では、早めに食事を作りますね。万能倉庫に入れておけば温かいままですし」

「おー、それはありがたいな」

こうして開拓班は、集落で寝泊まりすることとなった。往復にかかる時間の短縮に加えて、食事の準備いらずとなれば、さらなる効率アップは間違いないだろう。

あ、それともう一つ。長期で村を離れるため、斥候の1人は村に残すことにした。思わぬ事件というのは、得てしてこういうときに起こるものだ。

異世界生活145日目

集落を拠点にしてから15日が経過。

日々の作業は順調に進み、交易路は開通間近というところまで延びている。いくら効率が上がったとはいえ、この早さは異常すぎる。前回に比べて、3倍以上の速度で進んでいた。

もちろんこれには理由がある。私たちがそれに気づいたのは、開拓を再開して2日目のこと。

話の発端は、冬也が放った一言だ――。

「なぁ村長。敷地拡張ってさ。いったん固定すると解除はできないのか？」

「ん？　どうだろ。そういや試したことないな」

せっかく確保した安全地帯。それを解除するなんてこと、今まで考えたこともなかった。

「試しにやってみないか？　スキルの把握は大事なことだろ」

「んー。でも失敗すると怖いよな」

解除自体は可能でも、その分の敷地が戻ってこなかったら……。なんてことが頭をよぎり、なかなか踏ん切りがつかないでいた。

「そもそも、なんでそんなことを思いついたんだ？」

「うん？　だってさ、解除ができるなら、伐採なんてアッと言う間だろ？」

結界を拡げると、その範囲の樹木はすべて消える。点滅した状態なら元どおりだが、固定した後は消えたままだ。なら、固定と解除を繰り返して進めばいい。それなら切り株も残らないし、地盤の整備だけで済むはず。と、冬也はそんなことを語った。

言っている意味はわかるし、可能性としてはゼロじゃないけど……。結局、あれやこれやと話し合った末、ひとまず挑戦してみようという流れに。みんなの期待が集まるなか、近くの森に向かって敷地を拡張する。道の途中に結界があると、村人以外は通行できないからだ。

結果から言うと解除することはできた。解除した分は戻ってきたし、何度でも展開することが可能。ただ残念なことに、結界が消えた場所には、木々が元どおり生い茂っていた。

「まあでも、敷地は戻ってきたからな。それがわかっただけでも十分だ」

森は元に戻ったけれど、とても有意義な検証となった。手軽に拡張できるとなれば、使い道はかなり広がる。個人的にはとても満足のいく結果だ。

「……いや、ちょっと待ってくれ。なんか変じゃないか」

そう言いながら、冬也は森の一画を見つめている。さっきまで検証を繰り返していた場所。私にはなんの変哲もない森に見えるが……。

「これって本当に元のとおりか？　木や草は生えてるけどさ。落ち葉とか石ころなんかは消えてないか？」

言われてみれば確かに。さっきよりも地面の土が露出している。

「落ち葉と石ころ……木や草との違い……。もしかしてアレか。生物だけが元に戻った？」

みんなもアレコレと考えているが――。スキル保持者の私でもわからないのに、答えが出るはずもなかった。と、そんなとき、冬也がおもむろに剣を抜いて何本かの木を切り倒す。

「村長、これでもう1回やってくれ。根から切り離したし、生物じゃなくなったかもよ？」

一理あるなと思い、切り倒した木々を巻き込むように試してみる。すると、切り株だけを残して、その上部はすべて消失していた。

「おっ、消えたぞ村長」

「ああ、消えたな冬也」

「いやはや、相変わらず冬也くんの閃《ひらめ》きはすごいですね」

「ほんと、毎度のことながら感心するよ」

これなら切り株の処理だけで済む。木材こそ消えてしまうが、開拓自体は恐ろしい速度で進むだろう。米の発芽のときもそうだったが、冬也の発想力には驚くばかりだ。


――と、そんなことがあり、交易路の開通まであと4日足らずとなっていた。

今日もせっせと結界を張り、倒れた木材を処理していると、しばらく経ったころで斥候から報告があがる。どうやら街の方角からウルガンが向かってくるそうだ。

次回の帰還予定は5日後。おそらくはメリナードからの先触れだろう。報告から10分もしないうちに、ウルガンが単身、森の中から現れる。

「村長、驚きましたよ。まさかこんな近くまで進んでいるとは……」

「今回は頑張ったからな。それで、こっちに来たのは事前の報告か？」

「は、はい。帰還の日取りと移民の人数調整です」

「わかった。もうそろそろ昼休憩だし、いったん集落まで戻ってもいいかな」

桜たちに声をかけると、一足先に集落へと向かう。

ウルガンの報告によれば、あと5日もあれば準備が整うらしい。こっちの都合に合わせて日程を決めるとのことだった。

「あと4日もあれば開通するからさ。一応余裕を見て、出発は7日後でどうだろう」

「問題ありません。そのように伝えておきます」

「で、移民の集まり具合はどう？　さすがに奴隷以外は早々集まらないよね」

「現在、借金奴隷が20名、一般民の希望者は1名です。この方は鍛冶師で、ベリトアさんの知り合いだと聞いています」

まあ、これは予想の範囲内だ。そもそも、日本人の移住は募集してないし、議会ともそういう契約で話をしている。街にいる獣人たちにしても、よくわからん村に住むくらいなら、首都や他の街に流れていくだろう。

まあなんにせよ、鍛冶師の存在はありがたい。奴隷のほうは、健康状態と労働意欲を見て選んだらしい。その他、細かい調整をしているうちに集落へと到着する。

「ごめんウルガン。話が済んじゃったな。無駄足をさせてしまったよ」

「いえ、移動しながらのほうが無難ですよ。密偵の動きも把握しやすいので」

「え、全然気づかなかったけど……密偵がいたのか」

「今はもういません。森に入る手前で尾行をやめたようです」

ウルガン曰く、大手商会に雇われた者らしい。街中でもチラホラと怪しい姿を見かけたそうだ。森の中までは侵入してこないあたり、多少は配慮しているとのことだった。

「せっかくだし、昼飯でも食べてってよ。ウルガンも芋は好物だろ？」

「おお、それは是非とも！」

そのあとウルガンは、ガツガツと芋料理を食べ始めた。というか、３回もおかわりした。

「そんなに食べて大丈夫か？」とは思ったが、好きなだけ食べさせることに。すべて軍に収めているので市場に出回らないのだろう。街の市場に並ぶことは滅多にないそうだ。

異世界生活１５０日目

ウルガンの先触れから5日後、ついに交易路が全線開通した。

ナナシ村から街までの距離は30キロメートル。道幅は4メートルと広くはないが、やり遂げた充実感はひとしおだ。みんなで開通を祝いながら、森の端から街のほうを眺める。

「しかし、思っていた以上に街が近いな」

「ですね。徒歩で20分くらいでしょうか」

森を抜けた先は、辺り一面が草原地帯。街を囲っている外壁を、ここからでも確認できた。

「一度は行ってみたいよな！　冒険者ギルドとかありそうじゃん？」

「あー、それで冒険者に絡まれる的な？　異世界あるあるイベントだよね！」

冬也と桜は興味津々なご様子。まだ見ぬファンタジー世界を前に盛り上がっている。

「まぁ、そのうち行くこともあるだろ。それより拡張のスキルを試してみるよ」

伐採のときの教訓を受け、森の外での拡張がどうなるかを検証。森を出てすぐのところに、10メートルの正方形で拡張をイメージ……したのだが、いつまで経っても結界が現れない。

「あれ、おかしいな。みんなも結界、見えてないよな？」

「ええ。いつもならすぐに発動しますよね」

まだ拡張する余裕は残っているはず。というか、ついさっきまで使ってたんだけど……。

今度は森の中に向かって、今できる限界まで拡張をイメージ。すると、いつもどおりに結界が点滅して拡がっていく。

「こっちは普通にできるみたいだ。何が違うんだろ……」

次は森の中に戻ってから、再び草原方面へと拡張してみる。

すると、森の端までは拡がったのだが、草原との境目でピタリと止まった。

「おい。もしかしてこの結界、大森林限定なのか？」

『加護の範囲は大森林に限られる』

『大森林には、結界に影響を及ぼす特有の魔素がある』

などなど、妄想は膨らむけれど、これといった原因はわからず仕舞い。いろいろと試してみたものの、結局、答えは出なかった。

「ダメだ。全然わからん。ひとまず今日のところは帰ろう。検証はいつでもできるしさ」

「ですね。早く帰ってみんなに報告しましょう」

なんとなく後ろ髪を引かれつつも、その日は諦めて村へと戻った——。

異世界生活152日目

昨日と一昨日は全ての作業を休みにして、開通を祝う宴《うたげ》が開かれた。うまい酒を酌《く》み交わしたり、おいしい料理を食べたりと、朝から晩までドンチャン騒ぎ。大した娯楽はないけれど、日々の成果を語るだけでも十分に楽しめた。

そして本日は、いよいよメリナードたちが戻ってくる日だ。村人全員、新たな住民を待ち望み、村全体が歓迎ムードとなっている。

ただ今回の受入れは、21人もの大所帯となる。不測の事態に備えるため、全員、目に見える範囲で活動中だ。冬也たちダンジョン班も、戦闘要員として村に待機していた。

朝食後、2時間もしないうちに斥候から連絡が入る。メリナード一行が村の近くまで来ているそうだ。4台の馬車を連ね、こちらへ向かっていると言う。

「じゃあみんな、手筈どおりに頼むぞ」

斥候の報告から20分。森の合間に4台の馬車が見え始めた。この世界の馬は普通だったけど、どことなくファンタジーっぽい雰囲気を感じる。先頭を行く馬車にはメリナードの姿も。御者《ぎょしゃ》の隣に座って、こちらに手を振っていた。

「メリナード、今回も無事に会えて嬉しいよ」

「私も同じ気持ちです。この日を待ちわびておりました」

「それで道はどうだった？　随分と様《さま》になっただろ？」

「ええ。開拓速度もさることながら、路面の状態に驚きましたよ」

若干ドヤ顔の私に、メリナードは笑顔で答えてくれる。

「ところで、そちらの方々はご家族かな？　是非紹介してほしい」

メリナードの隣には、おっとり顔の素敵な女性が。その後ろには、20代の女性と10歳くらいの男の子がいる。家族も羊人だと聞いていたが、外見的特徴は角と尻尾くらいだろうか。見た目は人族となんら変わりない。

「村長さん、お初にお目にかかります。メリナードの妻、メリッサと申します」

妻のメリッサに続いて、メリマスの奥さんと子どもを紹介される。奥さんはメリーゼ、息子はメリナンドと言うそうだ。みんな名前にメリーが付くのは、羊人だからなのか、それとも異世界翻訳が仕事をしているのか。とにかく、これ以上似た名前が増えると混乱しそうだった。

（いや、もう既にしているけども……）

商会の人の紹介が終わると、馬車から奴隷たちが降りてくる。全員の顔を確認したところで、居住の許可を一斉に出す。ちなみに村や忠誠度のことは、メリナードが事前に話している。もちろん、村人になる意思も確認済みだ。あとのことを春香に任せ、私は隣で見守る。

「じゃあ、商会の人は中にどうぞー。他の人はちょっと待っててねー」

「春香さん、うちの者たちはいかがでしょうか」

「全員大丈夫だよ。みんな数値は高いから安心してね」

「そうですか。ありがとうございます」

春香がそう言いながら、みんなのステータスをこっそりと教えてくれた。とくに問題のある人はいないようだ。忠誠度の値も予想以上に高い。

その場にメリナードと護衛を残し、奴隷以外の人たちが村に入っていく。村の案内や荷物の整理なんかは、諸々を含めて椿に任せている。

「じゃあまずは、ベリトアの知り合いって方からどうぞー」

春香の隣にベリトアが来ると、鍛冶師の男が村に入ってくる。

「おじさん久しぶり！」

「よぉベリトア！　相変わらず元気そうだな！」

「わたし1人だと忙しくってさぁ。おじさんが来てくれて嬉しいよ！」

「ってかお前。移住するなら一声かけろよな！　突然いなくなるから焦ったぞ！」

「うっ、ごめんね。忘れてたわけじゃないんだよ……」

ベリトアがおじさんと呼ぶのは熊人族の男性。お互い気心も知れた感じで、長い付き合いなのは間違いなさそうだ。

男はベアーズという名前で、まさに熊のような体つきをしている。歳は40の独身。独り身のほうが気楽で良いと、気付けばこの歳になっていたらしい。なんだか似たようなものを感じつつ、挨拶がてらに不躾《ぶしつけ》な質問を投げる。

「ベアーズ。おまえが廃業したのって、日本商会の影響か？」

「まぁそれに近いけど、なんとか食いつないでいたよ。移住を決めた理由はこの村の芋だな」

ベリトアもご執心だったが、種族的なものでもあるのだろうか。まあ、芋で鍛冶師が釣れるなら万々歳だ。こうして村人になれた以上、逃がすつもりはない。

「村に住めば食べ放題だ。しっかり働いてたっぷり食べてくれ」

「おお、それはありがたい！　村長、ベリトア、よろしく頼む！」

鍛冶場の案内をベリトアに任せ、引き続き奴隷たちの受入れに取り掛かる。

結界の際に並ばせると、隣にいる春香が鑑定をかけていく。今回は人数が多いので、ひとまずは鑑定結果をメモ。受入れは午後からだと伝えて、結界外の長屋で休息をとらせることに――。

ウルガンとウルークには長屋の警護に当たってもらう。

「メリナード、私たちもいったん戻ろう。春香、桜たちを自宅に呼んできてくれ」

「おっけー、任されたよー」

それから10分もしないうちに、村の主要メンバーが集まってきた。全員が揃ったところでさっそく打合せを開始。奴隷のステータスや忠誠度など、必要な情報を共有していく。

今回の奴隷は全員が獣人。犬人や猫人、狼人や狐人と、種族は様々だ。年齢は下が15歳から上は30歳と、比較的若い者が多い。

「そういえばさ。種族間の相性とか対立みたいなものはないのか？」

ちょっと気になったので、ラドやメリナードに聞いてみる。

「対立はありません。もちろん、同種族のほうが仲間意識は高いですが」

「我らは聴覚強化があるからな。多少煙たがられるが……対立というほどではない」

「なるほど。じゃあ次は鑑定結果だけど――とくに目立った者はいないみたいだ」

残念ながらスキル保持者は1人もいなかった。けど、これについては問題ない。教会で授かる恩恵に期待しよう。再びメモに目を下ろすと、忠誠度の項目を眺める。

「すぐ村人になれるのは10人か。残りも40後半が多いし、十分期待できる数値だな」

「でもこういうときってアレじゃない？　大体怪しいやつが紛《まぎ》れ込んでるよね」

夏希の発言に対し、春香や冬也が「あるある」と頷いた。まあ、議会も馬鹿じゃないし、忠誠度のことも把握している。すぐにバレるような真似《まね》はしないだろう。仮に偽装スキルがあったとしても、村人判定を誤魔化《ごまか》せるとは思えない。鑑定数値は偽装できても、村には入れない。

「あーなるほど。それができちゃったら、もはやステータスの改変だもんね」

「他にも気になることは遠慮なく言ってくれ。そういうの、めちゃくちゃ助かるよ」

いろいろ考えてくれるのは本当にありがたい。どこに穴があるかわからんし、どんな些細なことでも無下にはできない。みんなにそう伝えて話を戻す。

「まずは村に入れる10人を先に迎えよう。残りの受入れが済むまでは、できるだけ目立つ場所で作業させたい」

「村での生活を見せて、安心させようってことですね」

「ああ。それと隷属の首輪は外そうと思う」

「村人になる前に逃げちゃったら？」

「逃げ出しても構わないよ。そんなやつ、どのみち忠誠度は上がらん」

みんなが納得したところで、今度は作業分担の話に移る。

今回は採掘作業に人数を割きたい。まずは何人かやってくれる人を確保して、残りは農作業をメインに割り振りたいと説明した。みんなからの賛同を得たのち、他に何かないかと尋ねたところ——椿から一つ提案があるようだ。

「村人の数がかなり増えてきました。そろそろ専属の調理担当者を決めましょう」

「なるほど、村の料理人か」

何せ60人を超える大所帯だ。この人数の調理となれば、仕込みを含めてかなりの時間がかかる。従事する作業によっては、食べる時間がズレることもあるだろう。「この際、村に食堂を作りましょう」と、椿は語気を強めて言った。

「食堂があれば自然と人が集まります。交流の場としても使えるでしょう」

「いいねそれ！　楽しそう！」

「夜は酒場に、とかもできそうね」

私自身、お酒はあまり好んで飲まない。が、そういうのが好きなやつはたくさんいる。新たな娯楽になるし、忠誠度にも好影響を与えるだろう。

「よし。食堂建設と調理担当。両方とも採用しよう。椿とルドルグで進めてくれ」

毎日食事を作っている椿からの提案だし、実際、かなり忙しかったはず。鉱山での採掘作業やダンジョン攻略なんかは、どうしても一日中村を離れる。『物資転送』で食事を送るのもいいが……。毎朝食堂でお弁当をもらう、なんていうのも素敵だなと思った。

異世界生活152日目

奴隷たちが村に来てから2日が経ち、残り10名の受入れも無事に完了した。

受入れ当日、全員を奴隷から解放したとき、まずは5人の忠誠度が上がった。そして翌日にはさらに3人。残った2人も、今日の朝には村人となった。そもそもの話、奴隷から解放されるだけでも破格の好条件だ。それに衣食住を約束すれば、信用を得るのもさほど難しいことではない。

今回受け入れたのは、成人男性12名と成人女性8人。種族は猫人、犬人、狼人、狐人で、それぞれ5名ずつの4種族構成となる。新たな村人たちと話し合った結果。犬人と猫人の男性6人が、採掘作業を申し出てくれた。

狼人の男性3人は戦闘職を希望。ダンジョンの存在を知るや否や、嬉々《きき》として参加の意を示した。どうやら狩猟本能が高いらしく、村の戦力として貢献したいそうだ。今後はラドの下で戦士団として働くことになった。

次いで狐人の男性3人には、建築班としてルドルグの下で作業をしてもらう。兎と狐、日本のイメージだと立場が逆だが、彼らに言わせれば全く関係ないらしい。

最後に女性陣に関しては、農作業に6人、機織り作業に2人を割り振っている。これで農地の拡大にも目途が立ち、あとは敷地拡張のアナウンスを待つばかりとなった。

そんな現在、私は万能倉庫の前に来ている。椿とメリナードが立ち会うなか、万能倉庫のサイズを広げていく。

「椿、広さはこれくらいでいいか？」

「問題ありません。内装の整備はこちらで進めておきます」

村の人口が72人に増え、かなりの大きさまで拡張できるようになった。物流倉庫並みの建物を見て、商人のメリナードは驚きの声を上げている。

「それで、調理関連はどうなった？　今後も椿が担当するのか？」

「いいえ、すべて兎人の女性陣に任せますよ。私はお手伝い程度になると思います」

今後は兎人の４人を中心として、朝昼晩の当番制で調理を行う。４人は専属の料理人となり、足りない分はその都度補充するそうだ。

「そういえば椿、パン工房を開く予定は？」

麦が採れるようになって以来、食事にパンが並ぶようになった。日本のものと比べても遜色《そんしょく》のない出来栄え。椿自家製の天然酵母がそれを再現している。日本での経験を活かし、パン屋さんでも開いたらと聞いてみるが……。

「将来的にはやってみたいですね。でも今は啓介さんをサポートしたいです」

彼女には農業全般に加え、物資の管理を全て任せている。そんな忙しい中では、パン作りに専念できないのだろう。片手間にできるものではないし、ちょっと配慮が足りなかったようだ。

感謝と謝罪を伝えたところ、椿は首を何度も振る。今の暮らしは充実しており、村への貢献に誇りを持っているらしい。任された仕事に、自分の存在意義を感じているそうだ。

「村長。そのことなのですが、私からも一つよろしいですか」

「どうしたメリナード、遠慮なく言ってくれ」

メリナードが言うには、村の物資管理をメリマスに任せてほしいとのことだった。

なんでも、自分の妻と息子夫婦を、この村に住まわせるそうだ。村にいれば安全だし、家族の拉致《らち》などを防ぐことができる。余計なトラブルのせいで迷惑をかけたくないらしい。

「私だけであれば、ウルガンやウルークがおりますので。何かあっても、見限っていただいて構いません」

何かあったときは私が本当に見捨てる。そう理解した上での発言なのだろう。メリナードの表情からは、確固たる意志を感じる。

「わかった。そこまで言うなら構わない。だけど、椿はどう考えてる？」

「そうですね。メリマスさんに管理していただくのが最善でしょう」

商人であれば在庫管理はお手のもの。メリナードとの調整も上手くいくし、村の誰よりも適任だろう。と、そんな感じのことをつらつらと言い放った。

「でもいいのか？　さっき言ってた村への貢献とか誇りとか。それこそ存在意義なんかは？　言い方は悪いけど、仕事を奪われることになるだろ」

「まあ、そうですね。この際だから正直に言いますけど……」

そういったきり、彼女は目を閉じて沈黙する。どう続きを話そうかと整理しているようだ。

「初めての村人であること。そして同じ日本人であること。何より、忠誠度が最も高い村人であること。私は、村長が最も信用している存在だと自負しています」

確かに私自身、誰が一番の拠《よ》り所かと問われれば、まず椿の名前を挙げるだろう。それは村人にしても同じ。大多数の者がそう思っているはずだ。

「何かを他の方に任せたところで、自分の価値が下がるとは思っていません」

椿は視線を逸らすことなく、堂々とした態度で言い切った。

「なるほど、確かにそのとおりだな。一番心を許せる存在はおまえだよ」

「ありがとうございます」

笑顔で返す椿に、そこはかとなく凛々《りり》しさを感じた。

『ユニークスキルの解放条件〈忠誠度上限〉を達成しました』

『能力が解放されました』

『敷地の拡張が可能になりました』


「うわっ、びっくりした……」

「啓介さん？　大丈夫ですか」

感慨に浸るのも束《つか》の間、すっかりご無沙汰だったアナウンスが頭に響く。

新たな能力が増え、念願だった敷地の拡張もできるらしい。解放のタイミング的に、椿の忠誠度が上限に達したのだろう。そのことを2人に伝え、まずは物資管理の件を片付ける。

「メリナード。椿も問題ないようだし、物資の件はメリマスに一任する」

「はい。精一杯やらせていただきます。椿さんにも感謝を」

最近得意の『丸投げ』を発動して、諸々の処理をすべて任せる。今後はメリマスが物資管理を担当。メリナード以外の家族は村へ定住することになった。

「話は変わりますが――。椿さんは村長代行として活躍なさっているご様子。この際、みなの前で宣言したほうが良いのかもしれません」

「宣言？　そんなの必要あるかな？　みんなも大体わかってると思うけど」

「いえ。ここは明確にするのがよろしいかと。任命されたほうも動きやすいですよ」

「なるほど、確かにそうかもしれん。ちょっと考えておくよ」

ようやく話が終わると、メリナードは家族のところへ。私は椿を連れて居間へと向かった。

実に47日ぶりとなるスキルアップ。足早に到着すると、期待を込めてモニターに触れる。

啓介Lv42　職業：村長　ナナシ村　☆☆☆
ユニークスキル　村Lv8（72／1000）
『村長権限』『範囲指定』『追放指定』『能力模倣』『閲覧』『徴収』『物資転送』
『念話』〈NEW〉忠誠度が90以上の村人と念話が可能になる。
村ボーナス　☆豊かな土壌　☆☆万能な倉庫　☆☆☆女神信仰

「おお！」

「これはすごいですね！」

表示されたその内容に、思わず歓喜の声が漏れる。『念話』といえば、念じるだけで意思疎通ができる超便利スキルだ。ネットもスマホもない世界において、計り知れない価値がある。もしダンジョンや街でも通じるのであれば大当たりの能力だ。

『椿、私の声が聞こえるか』

さっそく椿に念話を試すと、一瞬ビクッと驚いたあとに返答がくる。

『とても不思議な感覚ですね。頭に直接聞こえる、とでも表現したらいいでしょうか』

『ああ。アナウンスもこんな感じで聞こえてくるよ』

『なるほど、そうだったんですね。なんとなくゾワゾワして変な感じかも？』

念話の確認ができたところで、ひとまず通常の会話に戻す。

「いやいや、これは便利だわ。せっかくだし、ダンジョン組にも試してみようかな」

「いや、どうなんでしょう。戦闘中だと危ないかも？」

「……やめとくか。こんなことで怪我でもさせたら目も当てられん」

「じゃあ、夏希ちゃんに送ってみましょうよ。村の中なら安全だと思います」

確かに彼女なら、今日も工房にいるはずだ。よほどのことがなければ大丈夫だろう。遠距離の念話は後日にして、まずは村の中で通じるかを試みる。

『夏希、夏希聞こえるか？　私だ、啓介だ』

何度か問いかけてみたのだが、一向に返答が来ない。村の外へは出ていないはずだし、忠誠度も十分足りている。となれば、使い方がわからないってことか。

『今、新しく覚えた能力で話しかけている。聞こえたなら頭で念じてみてくれ』

するとすぐさま気の抜けた声が聞こえてくる。

『あーあー。聞こえますかー。こちら夏希、現在は鍛冶工房にいます。どーぞー』

『さっきスキルレベルが上がったんだ。敷地拡張も試すからさ。そのときは手伝ってくれ』

『オッケー。りょうかいでーす』

夏希は大して驚きもせず、スキルが上がったことにも一切触れなかった。いつもどおりと言えばそれまでだが、なんとも順応が早いことで……。

「さて、と。とりあえずつながったよ。ダンジョン班との念話はまた今度にしよう」

そう椿に話しかけると、彼女はステータスを確認しているところだった。忠誠度の数値を指さして、渾身《こんしん》のドヤ顔を披露する。まるで「私が一番乗りだ」と言わんばかりだ。

「椿、これからも私を助けてくれよ」

黙って頷く彼女は満足そうに微笑んでいた。


村人たちと昼食を摂《と》りながら、敷地拡張のことを伝える。

午後からは基本自由行動。村人たちにも拡張するところを見てもらうことに。いざというときに驚かないため、そして能力を誇示して忠誠度を高める目的もあった。

食事を続けながら、忠誠度が90以上の面子を見回す。椿と夏希、ルドルグとベリトア、それにメリナードがいる。たぶんメリマスもギリギリ超えているだろう。

『みんな、私の声が聞こえるかな。聞こえたら頭で念じてみてくれ』

複数人を指定した場合、同時に伝達できるかを検証する。

『さっき覚えた念話の能力だ。このことは秘匿《ひとく》したいから声には出すなよ』

そこまで言ったところで、対象にした全員がこちらを向く。

『ねえこれってさ。わたしの声もみんなに届いてるの？』

『あ、それは気になるな。みんな、夏希の声は聞こえてるか？　聞こえてたら答えてくれ』

そう問いかけると、他のみんなが一斉に話し始める。声がダイレクトに届くせいで、ちょっと頭がクラクラする。が、ひとまず全体通話も可能だとわかった。

いろいろと試してみた結果。まず、椿や夏希のほうから私に念話を送ることはできた。そして私を交えた場合のみ、村人同士でも念話が可能。村人同士だけでの念話はできなかった。

『これは公《おおやけ》にできませんね。村長経由だとしても、とてつもない価値があります』

『ああ、メリナードの言うとおりだ。みんなもそのつもりで注意してくれ』

通信手段が手紙しかない世界だ。即時の情報伝達は、これ以上ない武器となる。そしてその真価は、秘匿してこそ最大限に発揮されるだろう。

ひとしきり検証したところで、久しぶりに解放された敷地の拡張を試す。

村人たちを引き連れて、村の南端へと歩いていくと――。

「村長。結界の先に人らしき者が1名。森の中に潜伏しています」

結界の近くまで来たところで、斥候のレヴから報告を受ける。境界から20メートルほど先に誰かが潜んでいるらしい。ここからだと見えないが、わずかな息づかいが聞こえるそうだ。

『メリナード、今の聞こえてたよね。悪いけどウルガンとウルークに協力してほしい』

『わかりました。手傷を負わせても構いませんか？』

『ああ、もちろんだ。死なない程度なら好きにしていいよ』

すると2人が両隣に待機。警戒する素振りも見せず、私を護衛しながら自然体を装う。

「今から結界を拡張する。森が消えたら制圧してくれるか？」

「問題ありません。拘束が難しい場合はご勘弁を」

2人と小声でやり取りをしたあと、村のみんなにも声をかける。

「それじゃあみんな、今から結界を拡張するぞ。危険はないけど、びっくりさせたらごめんな」

そう前置きしてから結界を限界まで拡張。見渡す限りの広大な森が一瞬にして消え去った。

と同時に、ウルガンとウルークが駆け出していく。対象は木の上にいたらしい。突然の変化に対応できず、落下して地面に伏した。

ドサッと音がした頃には、対象の目前まで距離が詰まる。倒れている男に接触すると、即座に両足の腱《けん》を切った。そのまま流れるような動きで組み伏せ、ロープで手足を拘束。抜かりなく周囲を警戒していた。

「こんな感じでさ、結界を拡げると森が消えちゃうんだ。事前に言うつもりだけど、突然の場合も驚かないようにね」

「これは素晴らしい。ここまでの広さがあれば、村もさらに発展するでしょう」

村人たちは、目の前に見える広大な更地にも驚いていたが……どちらかと言えば、突然起こった拘束劇が気になって仕方ない様子。いまだ状況が呑《の》み込めない一部の村人たち。メリナードがフォローしてくれたが、耳に届いていないようだ。

「結界の中には人も魔物も入ってこられない。武器や魔法も弾いてくれるからね」

先人たちの落ち着いた態度を見て、新規の村人もようやく冷静になる。捕縛した獣人を放置したまま、夏希たちと一緒に計測を始めた。

正方形で拡張をした結果。なんと一辺の距離は1キロメートルにも及んだ。面積に換算すると、今までの3倍以上は広くなる計算だ。もはやここまでくると何に例えていいのかもわからない。『森の中に突然、どこまでも続く平原が出現した』と、そんな漠然とした表現しかできなかった。

それからしばらく――。村のみんなが立ち去りはじめ、周囲の人だかりが消えていく。せっかくのお披露目だったが、予期せぬ事件が起こったせいで、若干微妙な空気になってしまった。

「さて村長、どうされますか？」

「とりあえず身元を吐かせよう。そのあと、ちょっとした検証をするつもりだ」

現在地は村の南側。襲撃者用に掘った穴がある場所だ。この場に残っているのは私とメリナード、それに護衛の2人だけ。斥候のレヴは少し離れた場所で警戒している。

何はともあれ、まずは拘束したやつを鑑定。種族は狼人であることが判明する。レベル25と高いが、スキルの類は持っていなかった。

「なあウルガン。これってどれくらいの強さなんだ？」

「街基準だとD級の冒険者ですね。単体でオークを倒せますよ」

「その割には、見つかったときの対処が杜撰《ずさん》だったよね」

「森が一瞬で消えるなんて、普通は予測できませんよ。我らでも対処できるかどうか」

熟練者のウルガンが言うくらいだ。この場はそういうものかと話を進める。

「それで、あなたはどこの誰？」

「…………」

ずっと沈黙している相手に向かって、そう問いかけた。

この冒険者風の男。現在は手足を縛られ、両足も負傷している。にもかかわらず、うめき声一つ出さないとは見上げた根性である。だがこうなってしまった以上は素直に白状してほしい。

「確か冒険者って、ギルド証みたいなのがあるよな？　とりあえず身ぐるみを剥いでくれ」

ウルガンらに頼んで、革鎧や衣服をすべて剥がす。が、所持品は剣とナイフ、それに数枚の金貨が入った皮袋のみだった。身分を証明するものは何一つ持っていない。

「あのさ。仮に冒険者だった場合、ギルドからの報復とかってある？」

そうなっても村の中なら対処できるが、街との交易がしづらくなっては面倒だ。

「いえ。依頼途中で死ぬのはままあること。全て自己責任ですからありえませんね」

「わかった。ならひとまずは安心か。ちなみにこの顔に見覚えは？」

ウルガンとウルーク曰く、街の酒場で見たことがあるようだ。冒険者と騒いでいたのを何度か目撃している。けれども身元まではわからず、街なかで見かけた記憶もないらしい。

こんなにアッサリと捕まるくらいだ。議会の暗部ってことはないだろう。せいぜい、どこぞの商会絡みで雇われたってところか。

「なぁ。これ以上話さないなら処分するけど。命乞いしなくても大丈夫？」

「…………」

「わかった、もうい――」

「待ってくれ！　おれは街の冒険者だ……。依頼を受けて村の様子を探ってた」

殺されるとわかったところで、ようやく話してくれる気になったみたいだ。

「じゃあ冒険者証は？　あと、誰からの依頼か教えてくれるかな」

「冒険者証は森に入る前に埋めてきた。依頼主からそう指示があって……」

依頼主は酒場で声をかけてきた男だが、フードのせいで顔は見ていないらしい。

「誰ともわからん輩《やから》の依頼を？　とてもじゃないけど信じられんな」

議会との協定が結ばれてすぐ、大森林への侵入を禁じるお触れが出ている。しかも厳しい罰則付きって話だ。そんな状況のなか、安易に依頼を受けるだろうか。

「うそじゃない！　報酬が破格だったんだ！」

冒険者の男曰く、かなりの前金を渡されたらしい。入手した情報次第で、さらなる追加報酬を約束される。「上手くいけば1年は遊んで暮らせる」と、二つ返事で飛びついたそうだ。

「なら具体的な指示は？　何を調べてこいと言われた？」

「異世界人の数や特徴。あとは村の広さとか……。とにかく何でもいいらしい」

発言の真偽はともかく、どれも依頼主の特定に至るものではない。日本人のことや村に関しても、誰が興味を持ってもおかしくない情報だった。

「なあ、見逃してくれないか？　なんなら奴隷でもいい！　助けてくれ！」

「いや、それは無理。ここで見逃すほどお人好しじゃないんだ」

「そんなっ！　だったら――」

さっきまでとは打って変わり、大騒ぎする口を塞いで黙らせる。とてもじゃないが、この男に忠誠度があるようには見えない。奴隷にしたところで、一生、村人にはなれないだろう。

「今からスキルの検証をするからさ。２人は周囲の警戒を頼むよ」

ウルガンたちにそう伝えて、捕らえた冒険者を中心に敷地を拡げてみる。

結界が点滅している場合、中に人がいても弾かれることはなかった。

『ならばこの状態で、結界を固定したらどうなるか』

ゴブリンなどの魔物は、敷地を拡げると同時にその場から消失する。敷地を固定しても消えたままだ。だが、敷地を解除すると元の場所に復活した。一方、普通の動物に関しては、結界を固定してもその場に残る。では、対象が人だった場合はどうだろう。とてもじゃないけど、村人や奴隷では試したくなかった。今回はそれを試す絶好の機会となる。

「じゃあいくぞ」

結界を固定した瞬間、目の前の彼は一瞬にして消え去った。ドサッと鈍い音がして、すぐ近くにある穴に落ちる。どうやら指定しておいた追放場所へ転移したらしい。穴を覗くと、縛られた状態のまま転がっていた。侵入の許可を出していない場合、自動的に排除されるようだ。

「なるほど、人の場合はこうなるのか」

これでまた一つ結界の仕組みが判明。ちなみに、現在わかっていることは以下のとおりだ。

1. 生きている魔物や草木など、生命判定されたものは、結界を解除すると元の状態に戻る。
2. 伐採済みの木材や落ち葉、魔石や魔物肉などは生命の括《くく》りから外れる。もともと魔素により形成されているので、結界を生み出すためのエネルギーとして消費される。
3. 消費された魔素は、結界の解除とともに大地へと吸収、もしくは空気中に霧散すると思われる。ただし、命あるものは元の状態に戻る。
4. 馬やクルック鳥は、魔素から作られた生物ではない。そのため、結界を固定しても消滅することはない。結界から排除されない理由は不明。村に害がないからだと思われる。
5. 兎人の集落にある住居や道具は、結界を固定してもそのままの状態で残った。森の外で結界が張れないため、街の建物にも有効なのかは不明。
6. 大森林以外の場所では、敷地を拡張できない。大地神の加護には有効範囲がある。もしくは大森林特有の魔素が存在すると予想。
7. 人を巻き込んで結界を固定すると、指定した場所へと追放される。衣服や装備品の他、拘束していたロープも転移した。ただし、点滅状態では追放されずにその場へ残される。人も魔素により構成されていないので、エネルギーとして吸収されることはない。

ちなみにゴブリンが消えた位置や木があった場所に関して。そこに剣を構えた状態で結界を解除してみたのだが……。見事に剣が貫通した状態で復元。当然ゴブリンは死んだし、木には剣がめり込んでいた。

村に人がいる状態で解除すれば、とんでもない事態に陥る。木と同化したら大惨事だ。外敵に対しては必殺技。されど村人にとっては恐怖の対象となる。みんなには悪いけれど、この事実を公表するつもりはない。

「そ――ちょ、村長！」

「あ、ごめん。考えごとしてたわ」

ここは結界の外。気を抜かないようにとお叱りを受け、捕まえた男の処遇を問われた。

「誰に雇われたか知らんが、助ける義理はない。金に釣られた報いだ。諦めてもらおう」

もしここで見逃せば、のちのち私や村に悪影響を及ぼす。うっかり手心を加えた挙げ句、あとになってから後悔する。なんてことは絶対に御免《ごめん》だ。

「ではあとは我らが。村長は先に帰られてはいかがですか」

「いや、自分でやるよ。せめて苦しまずに退場してもらおう」

侵入者への対処と貴重な検証を終え、村の中へと戻っていった――。


後始末を済ませたあと。倉庫管理の件を含め、メリナードの家族と話しているところだった。

「改めまして。我が妻と息子たちをお願いします」

「「「お願いします」」」

「ああ、メリマスには購買関係と倉庫管理を任せる。メリーゼはその補佐を頼むよ」

「はい！　夫婦共々、精一杯頑張ります！」

「それとメリッサさんには、子どもたちの教育係をお願いしたい」

子どもの数が増えてきたし、既に何人かの妊娠報告を受けている。今後のことを見越して、学校みたいな制度を作っておきたい。

「村長、私に務まるでしょうか。算術程度しか教えられませんが……」

「そのほうが実用的で助かるよ。ただ、農作業が忙しいときはそっちを優先してくれ」

現代の倫理観だと、「小さな子どもに仕事をさせるなんて」と思うかもしれない。だがこの世界では当たり前のことだし、そうすることで働く意味を理解できる。講釈を垂れるつもりはないけれど、働かざる者、食うべからず。子どもと言えど例外でない。

やがて夕方になり、冬也たちダンジョン組が戻ってくる。夕食を交え、念話スキルや敷地拡張のこと、他にも侵入者の一件なんかを説明していった。

『ってことで、念話の件は秘密にしてくれ』

『了解です』

『わかった』

「ところで村長。いよいよ南の海へ進出するんだろ？」

「まぁ、その予定なんだけどな。いかんせん人手が足りない。当面は村の整備が先だ」

「ダンジョン探索を中断すればいいだろ？　オレも手伝うからさ」

ファンタジー好きの冬也から、まさかそんな言葉が出るとは――。私に遠慮するようなやつじゃないし、海に思い入れでもあるのだろうか。

「冬也。ダンジョン探索、というかレベルアップを続けたほうがいいと思うぞ」

「なんでだよ。気になることでもあるのか？」

「とくにないけどさ。他の転移者は冒険者をやってるんだ。どんどん強くなっていくぞ？」

「そいつらに対抗する力が必要、ってわけですね」

話に割って入った桜が得意げに言い放つ。どうやら私の思いを汲《く》んでくれたようだ。冬也も納得した様子で「なるほど」と頷いていた。

海産物はちょっと惜しいが、塩は数年分の在庫を確保できている。とりあえず偵察だけしておけば、当面は問題ないだろう。敷地の拡張ならいつでも可能だ。

「まずは各自が強くなること。次に村を整えていくこと。そして少しずつでも人手を確保すること。この3つに重点を置いていこう。みんなもそのつもりで頼む」

「「はいっ」」

「「おー！」」

周りにいる村人たちも、一斉に声を上げてやる気を見せる。みんな協力的だし、じっくり一歩ずつ進めようと思う。

16章　真の主人公たち

異世界生活155日目

それから3日後の早朝。メリナードたちが街へと向かっていった。馬と荷車を村に残し、徒歩での帰路となる。街に到着したところで念話が届く予定だ。

今回は、村の視察を提案するよう頼んである。ヘタな横やりを入れられるよりも、こちらから歩み寄るほうがいい。昨日の冒険者みたいなことは極力回避したい。

『じゃあ桜、ダンジョンに入ったら念話を入れてくれ』

「了解しました。では行ってきます！」

桜やラドたちダンジョン班が、数名の村人を引き連れて出かけていく。

「村長、オレたちも早く行こうぜ！」

一方、私のすぐ隣で、待ちきれない様子の冬也が声をかけてくる。

今この場に残っているのは私と冬也、それに椿の3人だ。昨日、南の海まで偵察に行くと話したところ、護衛として同行したいと食い気味に申し出てきた。そのほうが安心だと、他のメンバーも口々に同調。いろいろ話し合った結果、最終的にこの面子で向かうことになった。

ダンジョン探索のほうは、現在9階層まで進んでいる。10階層への階段が見つからず、今日もじっくりと探すそうだ。ボス攻略は後日、万全の態勢で挑む予定。探索だけなら問題ないと、冬也の同行を許した。

「よし、私たちも出発しようか」

「はいっ」

「よっしゃ！」

村の東にある川沿いから、南に向かって結界を延ばしていく。結界は固定せずに、点滅した状態を維持しながら向かう。

「なあ村長、敷地を固定しないのか？　どうせ海まで占領するんだろ？」

「一応そのつもりだけど……。まあ、南の状況を見てからでも遅くないさ」

「そっか。村長が言うなら意味があるんだろうな」

実のところ、大した意味はないのだが……それを言うのは無粋な気がして、とりあえず頷いておく。聞いた話によると、南の断崖までは10キロメートルくらいの距離があるらしい。模倣スキルを『鑑定』にしてあるので、掘り出し物を探しながら進んでいった――。

途中で休憩を入れつつ、かれこれ2時間ほど歩いただろうか。魔物とは3度遭遇したが、他にこれといった発見はなかった。ただただ、同じような景色が続いている。

「そろそろ着いてもいい頃だが……。こうも景色が変わらないとさすがに飽きてくるな」

「そうか？　オレは結構楽しいけどな。未開の地ってだけでもワクワクするぞ」

「私も楽しいです。長距離の移動は新鮮味があります」

冬也と椿はまんざらでもないらしい。椿なんかは普段からずっと村にいるし、そういうものかもしれない。と、そんな会話をしながら、さらに20分ほど歩いた頃だった――。

「あれは……砦《とりで》、でしょうか」

「ああ、明らかに人工物だな」

川沿いから少し西へ入ったところに、長い丸太を縦に並べた囲いが見える。周囲の木々は伐採され、川の先には海も見えた。

明らかに人の手で作られた砦のようなもの。広さは初期の村程度か。敷地の中には物見櫓《ものみやぐら》みたいな建物がある。反対側は見えないが、砦の入り口は川側の1か所だけのようだ。

『結界から出るなよ。人がいてもまずは様子見だ。冬也、いきなり切りかかるなよ』

『いや、やらねえし……。対処は村長に任せるわ』

結界を延ばしながら入り口の近くまで進んでいく。と、もう目の前というところで、砦の中から人の気配を感じた。会話の内容は聞き取れないが、人の声や生活音を耳にする。

指示があるまで動かないように伝え、まずは砦の中に向かって叫んでみる。

「こんにちは。どなたかいらっしゃいますかー」

なるべく自然な感じに呼びかけたつもりだが、間違いなく警戒しているだろう。

私が声をかけると、それまで聞こえていた音が一瞬にして静まる。何度か笛の音が聞こえたあと、物見櫓から1人の女性が現れた――。

「あなたたち、何者ですか。何の目的でここへ？」

女性は淡々と話しながらも、周りにある結界に驚き、視線を泳がせている。点滅を繰り返す変な膜。そんなものが目に入れば当然の反応だろう。

(さっきの笛は仲間への合図か……。複数人がいるのは確定だな)

そう考えつつ女性に鑑定をかけると、その内容に驚き、思わず息を呑んだ。が、動揺を見せないためにも、顔や態度に出るのを必死で抑える。

「私たちは、5か月前くらいにこの世界へ飛ばされました。今は北の森で村を作って生活しています。今日は海の調査でここまで来ました。目的は塩と海産物です」

にわかには信じられない様子で、彼女はずっと黙ったまま返そうとはしない。

『たぶん、仲間が来るまでの時間稼ぎだ。このまま様子を見るぞ』

『わかった』

『はい』

相変わらず女性は無言のままだ。やはり仲間の到着を待っているのだろう。それなりの場数を踏んでいるのか、慌てた素振りを見せない。

「申し遅れましたが、私は啓介といいます。こちらの女性は椿、男のほうは冬也です。信じてはもらえないでしょうが、あなた方と敵対する意思はありません」

それにしてもこの女性、着ている衣服はボロッボロだ。上はTシャツ、下はジャージのようだが、所どころ穴が開いて破れかけている。この様子だと街へは行っていないのだろう。それどころか、その存在すら知らない可能性が高い。

「……私は杏子《きょうこ》といいます。もうすぐ仲間が来るから、しばらく待ってもらえるかしら」

こちらが名乗ったからなのか、ようやく返事をしてくれた。敢えて仲間の存在を明かしたのは、こちらの動きを鈍らせるためだろう。

「杏子さんありがとう。この点滅している膜は、安全を確保するための結界です。今は解除できませんが、そちらに危害は及びません」

信じる信じないは別として、結界の存在を正直に打ち明けておく。

「不快でしたらもう少し下がりますが、どうしましょう？」

「…………」

どう返答していいのか判断に迷っているようだ。こちらを刺激しないよう配慮している雰囲気だった。結局、返答はないまま、自ら10メートルほど下がった。これくらいの距離ならば、向こうの会話を聞き取れるだろう。

それから5分ほど待っただろうか。西の森の中からガサガサと音がして、20代前半に見える男性と、若い女性が2人飛び出してきた――。

森から現れた3人は、顔や服装から見て明らかに日本人だった。錆《さ》びついた小剣を装備しており、警戒しながら身構える。

「杏子さん、大丈夫ですかっ！」

「ええ、まだ何もされてないわ」

こちらを警戒しつつも、彼らは自分たちの砦へと移動。入り口を守るように陣取った。

杏子さんは3人と合流して何やら話し込んでいる。櫓の上には別の女性の姿が――じっとこちらを監視する。私たちは静観を決め込んで、相手が話しかけてくるまで待つことにした。

「目的は聞きましたが、正直信用できません。そう言って襲撃された経験がありますので」

しばらくして方針が決まったのか、杏子さんがこちらに問いかけてくる。どうやらこの集団の交渉役は彼女のようだ。他の3人はすぐ隣に控える。

「もちろんです。私たちの村もかつて襲撃を受けました。お互い警戒したままで構いませんよ」

「……なら、このままお引き取り願いたいのですが」

当然こうなることは予想していた。だが、このまま引き返すわけにはいかない。なんとか取り次いでもらえるよう交渉を試みる。

「そちらがそう言うなら引き返します。ただ、情報交換だけでもどうですか？　もちろん、言える範囲のことで構いません」

「情報交換？　それに何の意味があるんですか」

「そうですね。このまま立ち去った場合、お互いの存在が脅威となります。なので、少しでも素性を明らかにして、敵対心を薄めたいんです」

今ならレベル差で全員殺すことも可能だろう。でもこの人たちは迂闊《うかつ》に手を出せない存在だ。森から現れた3人を見てそう確信していた。

「でしたら、まずそちらの情報を提示してください。それに合わせて検討します」

「それで十分です。では、まずは私たちの経緯から――」

ひとまず話を聞いてくれるらしい。私はゆっくりと、転移してからの経緯を話していく。むろん隠すところは隠し、当たり障りのないところだけを語っていった。

それから30分ほど話しただろうか。

相手の状況がある程度、というか、思った以上に詳しく知ることができた。

最初こそ警戒されていたが、徐々に緊張がほぐれ、いろいろと聞き出すことができた。たぶん、まともに会話できる相手だと認められたのだろう。襲撃の件も聞いたが、下卑たやつらばかりだったと息巻いていた。

彼女たちの話によると、転移した日も状況も、私たちと全く同じ。神やらなんやらとの接触もなく、突然この森へ転移したらしい。転移直後は、いま話している4人がたまたまこの場に居合わせたようだ。

とはいえ、全員が初対面で、何の関係性もないと言っている。何日かは必死で生き延びていたが、ある日杏子さんが魔法を使えると判明。それ以降は生活が安定し始めた。

話を聞く限り、杏子さんは私たちと同類のようだ。異世界転移にすぐ思い至って、自力で魔法を見つけたのだと。雰囲気で言えば桜に近い感じだろうか。春香ほど野性的ではない。

「それで啓介さん、街はそんなに危険なんですか？　日本人がたくさんいるなら、むしろ安全な気がするんですけど……」

「先ほども言いましたけど、人族との戦争が近いようです。あなたたちに何かあって、あとで恨まれるのは御免ですからね」

　街の存在を教えたとき、4人は大層驚いていた。どこまでも続く森を抜け、あるのかも不明な街を探す。そんなことは無謀と考え、半ば諦んでいる状態だったらしい。今回、私からの情報を得たことで、街への進出を考えている様子。

「ここでの生活も悪くないんですけどね。環境の良い場所へ移りたい気持ちはあります」

　杏子さんの発言に、他の3人もウンウンと頷いている。

「うちの村からなら、歩きでも1日かからず到達できますよ。街までの道も開拓してあります」

「街の存在がわかって安心しました。前向きに検討したいと思います」

　と、ここにきて初めて、若い男が口を開く。名前は勇人《ゆうと》。18歳の超絶イケメンだ。見た目はボロボロなのに、爽やかな雰囲気を醸し出している。

「あの、僕からもお礼を。貴重な情報に感謝します。こちらばかり情報をもらっちゃって……」

「私のほうこそ。友好的に話せたのは初めてです。正直、ほっとしています」

「僕たちもです。今後も仲良くしてください」

　向こうの警戒はかなり緩んできた。そろそろ頃合いだと思い至り、本題へと移る――。

「あの、実はみなさんに提案があるんです。聞くだけ聞いてみませんか？」

「提案ですか？　まあ聞くだけなら」

「先ほどの話で聞いたあの建物。あそこに結界を張らせてほしいんです」

これまでの会話で、初期に住んでいたというボロ小屋の存在を知った。現在は物置きと化し、放置したままとなっている。『他人の所有物に結界を張れるのか』これを試す大チャンスだ。

この機を逃すと、次にいつ試せるかも不明。なんとしても通したい案件だった。

「結界を張っても解除はすぐにできます。ただ、建物が消えてしまうかもしれません」

「みんな、どうだろうか。僕はいいと思うんだけど」

仲間の意見をちゃんと聞くあたり、オレ様ハーレム系の主人公ではないようだ。一人称も「僕」だし、物腰もかなり柔らかい。

「私はいいと思うわよ。やろうと思えば、私たちの拠点だって占拠できるはずだもの。わざわざ確認をしてくる時点で、誠意は十分感じられるわ」

そう発言した杏子さん。なるほど頭もよく回るようだ。状況を的確に把握している。

「あたしは、勇人がいいっていうなら構わないよ」

「わたしも勇人に合わせる」

残りの女性、立花《りっか》さんと葉月《はづき》さんも同意。勇人に依存しているみたいだが、そのあたりの事情はこの際どうでもいい。

「啓介さん、やってみてください。僕もどうなるか興味があります」

「ありがとう。ではこちらからの対価として――」

村で作った衣服と生活用品、それに加えて武器や防具を提供することに。今日はいったん村へと戻り、明日の同じ時間に伺うと伝えた。

「え？」

「新しい服……」

「武器までくれるの？」

そう呟《つぶや》くと、4人は目を丸くして呆《ほう》けていた。どれも彼らにとっては必需品ばかり。きっと喉から手が出るほど欲しいだろう。ボロ小屋一つで手に入るのなら安い買物だ。

「4人分――いえ、5人分ならすぐに用意できます。気にする必要はないですよ」

櫓の上にいる女性をチラ見して、人数を訂正する。

「……そうですか。とてもありがたい提案です」

杏子さんはそう言ったあと、3人と顔を見合わせている。ここまで言えば、砦に隠れている人の分も要求してくるはずだ。そう思っていると案の定――。

「啓介さん、隠していてごめんなさい。実はあと5人いるんです……」

「いえいえ、警戒して当然ですよ。では10名分用意しますね」

相手に後ろめたさを感じてもらい、しっかりと恩に着せた。初顔合わせでこれなら上出来の部類だろう。結局、10人が顔を出し、簡単な自己紹介を済ませたあと村に戻った。彼らの話によれば、杏子さん以外は全員10代後半。杏子さんは25歳だと言っていた。ちなみに勇人以外はすべて女性。まるで選《え》りすぐったかのように、美しい人ばかりだった。

村に戻ったあとは、ベリトアとベアーズの2人に装備の微調整を頼んだ。私たちも明日に備え、輸送の準備に取り掛かる。

夕飯を交え、南に日本人がいたことを説明したのだが……。うちの女性陣は、「やっぱりいたのかハーレム野郎」とあざ笑っていた。「男性は随分とイケメンでしたよ」という椿の言葉を発端に、話はさらに盛り上がっていく。

本性は知らんが割といいやつっぽかったので、ちょっと勇人がかわいそうに思えた。あ、それと念話については問題なかったよ。ダンジョンの中でも街にいても、しっかり通じることを確認。今後も大いに役立ってくれるだろう。

異世界生活156日目

翌日――。今日も数人の仲間を引き連れて、勇人たちの拠点へと向かう。馬車に手土産を詰め込むと、ワクワク気分で御者台に搭乗。手綱を握るラドの合図で村をあとにした。

本日の随行者は、椿とラドとロアの３人。男女のバランスに加え、今回は現地人の紹介を予定している。他にも希望者はいたけれど、ひとまずは見送りとなった。

昨日同様、結界を延ばしながら進んでいく。別に固定してもよかったんだが、彼らには点滅した状態を見せている。変に怪しまれないためにもこのままにしておいた。

「ラド、ロア。相手の顔や特徴を覚えてくれ。たぶん、これから何度も会うことになる」

「はい、お任せください」

「承知した」

道中の魔物は見つけ次第、馬車に乗ったままのロアが土魔法で倒していく。桜の影響なのか、以前に比べてかなり好戦的に見える。まあ、結構な頻度でダンジョンに潜り、オークを簡単に屠《ほふ》っているのだ。当然と言えばそれまでだが……せめて笑顔で魔法を撃つのはやめてほしい。

そんなこんなで砦に到着。物見櫓にいた杏子さんが、こちらに気づいて手を振ってくれた。入り口の手前で馬車を止めると、相手の出迎えを待った。

「みなさん、おはようございます。随分と早い到着でしたね」

「おはようございます。今日はこのとおり、馬車で来たんですよ」

今日は10人総出のお出迎え。昨日とは打って変わり、屈託のない笑顔を振りまいている。いささか不用心だと思うけれど、相手の誠意だと素直に受け取っておく。

挨拶も早々。ラドとロアを目にすると、みんなの視線がウサ耳に集まる。

初めて見る異世界人。それが獣人となればさもありなん。興味津々な彼らをよそに、さっそく自己紹介を始める。

「この2人は兎人族の親子です。縁あって一緒に暮らしています」

「私はラド。途方に暮れていたところを村長に救われた。今は村の戦士として生活している」

「娘のロアです。みなさん、仲良くしてくださいね」

ピョコピョコと動くウサ耳を前に、彼らの視線は釘付けとなる。しばらく呆気に取られたあと、たどたどしく挨拶を返していく。

「では、持ってきたものを確認してください。サイズ調整もしてありますよ」

そう言って荷下ろしを始めたものの、当然、彼らは結界に入れない。いったん結界の外に並べていき、結界越しに拾ってもらう。衣服や防具の試着も兼ねて、持参したもの全てを砦の中に運んでもらった。

それからしばらく経つと、着替えを終えたみんなが戻ってくる。ボロボロの姿から一変、冒険者っぽい凛々しさを感じる。なにせもともとが美男美女揃い。実に様になっていた。

「杏子さん、着心地はどうですか？　サイズが合うといいのですが」

「ありがとうございます。全員、問題ありません」

実に5か月ぶりとなる新しい衣服や下着。全員のテンションは爆上がりしていた。いまも服の感触を確かめながら大はしゃぎしている。立花さんに至っては、両腰に剣を携え、ニヤニヤと狂気じみた笑顔を見せる。

「喜んでくれたみたいで何よりです。武具や道具はこれで足りそうですか？」

「いやいや、もう十分すぎますよ！　本当にありがとうございます！」

勇人くんも大層喜んでいるようだ。彼の喜ぶ姿を見て、周りの女性陣が嬉しそうにしている。何ともまあ、うらやま――微笑ましい光景だった。

「それにしても、こんな短期間でよくここまで……。あっ、もちろん良い意味ですよ」

「最初の頃は必死でしたよ。村人たちの協力があってこそです」

「そうですか。村での生活は、さぞ充実してるんでしょうね……」

そう返してきた杏子さん。含みのある言葉の意味は、それとなく察することができた。昨日も少しだけ触れていたが、おそらくは今の人間関係についてだろう。

「ああ、大丈夫ですよ。みなさんの関係はわかっているつもりです」

「そうですか。啓介さんはもうお見通しのようですね」

「他人がどうこう言う権利なんてありませんよ。突然、こんな状況に放り込まれたらなおさらです」

杏子さんは、自分たちのハーレム状態を歪《いびつ》なものだと理解している。それでも今の関係を崩したくはないのだろう。

場の空気が重くなる前に、さっさと話題を切り替える。

「では、こちらの検証をしてもいいですか？」

「あ、はい。小屋の荷物は移動させました。いつでも大丈夫ですよ」

相手の確認が取れたところで、さっそく物置に向かって拡張をイメージする。が、一向に反応がない。やはり他人の所有物があるとダメなのかも。そう考えていると椿が――。

「まずは道中の結界を固定してみては？　一度に複数の結界は張れないのかも……」

なるほど。そういえば点滅状態にしたままだった。先にそっちを固定しないと、飛び地を拡張できないってことか。一理あるなと思い、杏子さんたちに声をかける。

「杏子さん、いったん今張っている結界を固定してもいいですか？　あとで解除しますので」

そう言ってみたものの、相手は何のことだかわかっていないようだ。細かいことは伝えてないし、それも当然だ。仕方なく当たり障りのない程度に結界についての説明をした。

「わかりました。そういうことなら遠慮なくどうぞ」

相手も問題ないと言うので、まずはここまでの道を固定する。と、点滅が止まり、いつもどおりの結界が張られる。続いて物置小屋に向けて敷地の拡張をイメージ。今度は結界が拡がり、無事に点滅状態となった。

「よし、建物は残ったままだな。じゃあ次は固定してみるよ」

結界の中にある小屋は、それまでと変わらない状態で残った。他人の所有物があっても敷地の拡張は可能みたいだ。おそらく、大森林の中であれば制限なく張れるのだろう。

「椿、アドバイスありがとう。おかげで上手くいったよ」

「はい。村の安全性がさらに高まりましたね」

念のため、小屋の中を確認したあと結界を解除しておく。

「みなさん、ご協力に感謝します。無事検証が終わってやれやれです」

「そうですか。正直、とてつもない能力に驚愕《きょうがく》しています」

どうやら杏子さんは、結界の使い道を正しく理解しているようだ。他の仲間が疑問符を浮かべるなか、彼女だけは真顔でそう答えた。

「これが私の切り札です。もちろん悪用するつもりはありません」

「でしょうね。もしその気だったら、出会った瞬間に殺《や》られています」

「自分の能力に溺れないよう、普段から気をつけているつもりです」

信用を得られた、とまではいかないまでも……。能力の開示や支援品によって、予想以上に警戒は緩くなったと思う。その証拠に、砦の中を見せてくれたり、海での漁や塩の作り方まで教えてくれた。昨日別れたあと、いろいろ話し合って決めたのだろう。案内はスムーズに行われ、少し大げさに思えるほどの歓迎ムードだった。

それからしばらく、砦の中で雑談に興じ、私も杏子さんと2人で語らっていた。

「それにしても、杏子さんの魔法はすごいですね。うちにも魔法使いがいますけど、複数の属性持ちは1人もいませんよ」

彼女は土魔法の他に、火と水と風の魔法も使用できる。

海沿いの断崖絶壁。これを土魔法で操作し、階段状に降り口を作っていた。なんと、手すりまで付いており、下まで安全に降りられる仕様だった。降りた先には洞窟があり、そこを拠点に塩作りや漁をしている。岩肌を丸ごとくり抜いた洞窟。これも杏子さんのお手製らしい。

「異世界ファンタジーよろしく、いろいろ試して習得したんですよ」

「あー、わかるわかる。私も同じだったよ。それこそ呪文を唱《とな》えてみたりね」

「私以外はそういったものに興味がなくて……。最初は恥ずかしい思いをしました」

「うちは椿以外、大好物なやつばかりだよ。そういう意味では運が良かったかもね」

やはり同類同士は話が弾む。近くではラドやロアを囲んで、ワイのワイのとやっている。和気藹々《わきあいあい》とした雰囲気のなか、雑談が飛び交う。お互い気を遣うのも忘れ、次第に口調も緩んでいった。椿がおにぎりとパンを差し入れたときは、全員、目が飛び出るほど驚いていた。口にした瞬間、ほとんどの者がむせび泣く。というか、今も現在進行形で続いている。

「おいしい……おいしいよぉ」

「うう、懐かしい味だ……」

食べきれない量を持ってきたつもりだが、この様子だと全部なくなるかもしれない。

久しぶりに食べた日本の味。それに綺麗《きれい》な服と便利な道具も手に入れた。緊張や警戒が最も下がった今が頃合い。そう思い、私は話を切り出した。

「みんな、ちょっといいかな」

勇人たち全員が一斉に私のほうを向く。その表情は穏やかで、警戒心のカケラもない。

「私がみんなと仲良くなりたい一番の理由、それを今から話したいんだ」

私がそう言っても、ほとんどの人はポカンと呆けているだけだった。

「仲良くなりたい理由、ですか？」

かろうじて杏子さんがそう呟いた。

「実を言うとさ。私は鑑定のスキルを持ってるんだ。悪いけど能力を調べさせてもらったよ」

「まあ、相手の能力を把握するのは当然ですよね」

「それで君たちの職業とスキルを知ったんだが……少し問題があってさ」

「え、ちょっと待ってください。スキルはわかるけど、職業って何ですか？」

杏子さん以外の人は、頭の上にハテナマークを浮かべていた。「このおっさん、急に何を言ってるんだ？」と、鑑定のことを含めて、たぶんそんなことを思っているのだろう。

私がどう説明しようか迷っていると、

「それって戦士とか魔法使いみたいな、いわゆるゲーム的なアレですか？」

「ああ、大体そんなところだと思うよ。何種類あるのかは知らないけどね」

「なるほど。それで私たちの何が問題なんでしょうか」

「この中の4人がさ、特殊な職業を持っていたんだよ。杏子さん、あなたもその1人だ」

それを聞いた杏子さんは一瞬驚いて固まった。が、すぐに立ち直ると――、

「私の職業って、もしかして『賢者』ですか？　スキルは『全属性魔法』とか」

「おおー、すごいね。私の鑑定にはそう表示されていたよ」

「やっぱり……。どおりで都合よく魔法が――」

「他にも、立花さんは『剣聖』、葉月さんは『聖女』、勇人くんに至っては『勇者』の職業を持っている」

さすがにこれくらいは知っていたのか、３人とも自分の職業を聞いて驚いている。

「立花さん、さっきも剣に執着してただろ？　葉月さんも、誰かの怪我を治したことは？　勇人くんもさ、なんでもやれちゃうような――全能感みたいなものを感じないか？」

「あ……」

「じゃあ、あのときのはアレって」

「僕もそう言われると思い当たることが……」

どの程度かはわからないが、３人とも思い当たる節《ふし》があるようだ。

「他の６人にしてもそうだ。特殊なスキルではないにしろ、それぞれがとても貴重なスキルを所持しているよ」

それを聞いて喜ぶ人や安堵する人、まだよくわかってない人と、反応は様々だが、貴重という言葉に浮かれていた。

「まるで誰かが仕組んだ、そう思えるほど都合のいいスキル編成だ。物語で言えば、君たちは完全に主役だよ」

しばしの沈黙のあと、杏子さんが気を持ち直して返してくる。

「でもみんな、突然の転移でした。それこそ、神のお告げなんかもありませんでしたよ？」

「そのへんのことは私もわからないな。お告げを忘れているだけなのか。何か理由があって説明がなかったのか。案外、勇者の特性で集まったのかもしれない」

「あー、主人公補正ってやつですね。自分たちが言うのもアレですけど、勇者の異世界ハーレムものって感じで……」

ハーレムという言葉に反応して、勇人くんが少し動揺している。うっかり口を滑らせたのか、杏子さんは申し訳なさそうにしている。

「まあ、勇人くんが心の支えだったんだろう。それが悪いなんて、これっぽっちも思わないよ」

「ですよねー」

「あ、そうだ魔王……勇者がいるなら魔王もいますかね？」

「いや、全然わからん。この世界に呼ばれた理由すら謎だし。私もそれが知りたいよ……」

少し素の口調が出てきた杏子さんを尻目に話を戻す。

「とにかく、これがみんなと仲良くなりたい理由だ」

「私たちが大きな力を持っているから……ですか」

「そう、ぶっちゃけると、恩を売っておきたいってこと。もちろん、敵対するなら別だよ？」

「いえ、今さら敵対とか考えませんよ。ねえ、みんな？」

杏子さんが周りを見渡すと、他のみんなも頷いて返した。これまでのおもてなし効果は十二分にあったみたいだ。
「そんなわけで。鑑定結果を伝えようと思うんだけど、どうかな？　自分たちの力を知れば、これからの生活が楽になるし、戦力アップにもつながると思う」
全員が諸手《もろて》を挙げて賛同するなか、１人ずつ順番に鑑定をかけていった――。

勇人《ゆうと》Lv16　職業：勇者
ユニークスキル　全状態異常無効Lv――　あらゆる状態異常を無効にする。
スキル　剣術Lv２　身体強化Lv２　光魔法Lv１　治癒魔法Lv１　超回復Lv２
直感Lv２　幸運Lv３　解体Lv２　料理Lv１　空間収納Lv２

杏子《きょうこ》Lv12　職業：賢者
ユニークスキル　全属性魔法Lv２　念じることで全ての属性魔法を発動できる。※レベルにより威力が上昇。
スキル　消費MP減少Lv１　魔法使用時のMPが10パーセント減少する。

立花《りっか》Lv13　職業：剣聖

ユニークスキル　聖剣術Lv２　剣の扱いに長《た》け威力が上昇する。斬撃《ざんげき》を飛ばす攻撃が可能となる。※斬撃数１
スキル　身体強化Lv２　身体能力を強化する。※常時発動

葉月《はづき》Lv10　職業：聖女
ユニークスキル　聖なる祈りLv２　あらゆる傷や部位欠損を回復する。あらゆる状態異常、病気を回復する。※レベルにより効果と範囲、回復速度が向上する。
スキル　消費ＭＰ減少Lv１　魔法使用時のＭＰが10パーセント減少する。

主要な４人の鑑定結果はこのとおり。他の６人も、農民、細工師、漁師、鍛冶師、調理師と、まさに万能詰め合わせ集団という構成だった。

「疑うわけではないですけど……。なんていうか、ユニークという割には物足りないような」

「あー、最初は私もそう思ったよ。たぶんスキルレベル次第で増えるんじゃないかな」

「なるほど、今後に期待ってことですか」

「今までは自分の能力を知らなかっただろ？　持ち味を極《きわ》めていけば成長も早いと思う」

私の村スキルがそうであるように、次々と能力が解放されていくのだろう。というか、この

程度で留まるとは思えない。なにせ彼らは勇者一行、どこまでも強くなるはずだ。

「あの、啓介さん……」

そのあとも解説を続け、一段落つきそうな頃に、勇人が申し訳なさそうに近づいてくる。

「空間収納のこと、黙っててすいません」

「いや、それで正解だよ。無暗《むやみ》に手の内を明かさないほうがいい」

「でも、啓介さんはいろいろ話してくれたのに……」

この勇者、本当に人のいい性格をしている。傲慢《ごうまん》さのカケラも見せず、裏表のない好青年といった感じだ。まだ出会って間もないけれど、正直、かなり気に入っている。こんなやつでも、いずれ力に溺れて好き放題やるのだろうか。

私はそんなことを考えつつ、勇人の謝罪を素直に受け止めた。

「さて、と。スキルの説明も終わったし、そろそろお暇《いとま》しようかな」

「えっ、もう帰っちゃうんですか」

「村のみんなが待ってるからな。それに、あまり長居すると迷惑だろ？」

「っ、そんなことないですよ！　もっといろいろ話したいし……」

「そっか。じゃあまた会いに来るよ。今度は米でも持ってこようかな」

米のワードが出た瞬間、女性陣から歓声が沸き起こる。昼に出したおにぎり効果は抜群のようだ。胃袋をガッツリつかんだところで、今日のところは別れることに。

「勇人、来るときは必ず結界を進んでくる。それ以外は敵だと思ってくれ」

「わかりました。啓介さんたちもお気をつけて」

「ああ。何かあったら川沿いを北へ向かえ。村で対処できることならなんとかする」

その帰り道――。

満足のいく成果を土産に馬車を進める。軽くなった荷台に乗り込み、椿たちと言葉を交わす。

「今日はお疲れさま。みんなのおかげで上手く接触できたよ」

「我は何もしておらんが……まあ、獣人に興味があるのはよくわかった」

「でもお父さん、嫌な感じはしなかったでしょ。聞き耳でも悪い話は出なかったしさ」

「私は村での生活を聞かれました。みなさん、かなり興味をお持ちでした」

今回の人選は我ながら上手くやったと思う。優しげな獣人の親子は大人気。椿による村の紹介も見事なものだった。次回もこの面子で向かいたいところだが――。

（まあ、他の連中から不満が出るだろうな。とくに春香とか夏希とか……）

村に到着した頃には、村人のほとんどが広場に集まっていた。

夕飯の準備をする人や、その周りで談笑している人たち。いつもの賑やかな光景を目にして自然と心が和《なご》む。私もその輪に溶け込んで、勇者たちから頂戴した新鮮な魚を捌《さば》いていく。

「おーい、みんなー。10層のボス部屋を見つけたよー」

と、しばらくして、上機嫌の春香を先頭に攻略班の面々が戻ってきた。夏希が走って迎えに行くと、すぐに桜と秋穂が歓声を上げる。

「うわっ、久々の海の幸！」

「お魚大好き。早く食べたいっ」

どうやらこの2人、魚料理が大好物みたいだ。その存在を知るや否や、速攻で着替えに飛んでいく。他のみんなが風呂へと向かうなか、2人は席に着くなり頬張り始める。塩焼きや魚介のスープなど、出来立ての料理をあっという間に平らげていった。

「にしても、まさか勇者だったとはなぁ。オレ、全然気づかなかったよ」

「勇者ならハーレムも納得だよね。ジャンルで言うと、善良系勇者のハーレムものかな？」

「おい夏希、ジャンルとか言うなよ。勇人さん、優しくて良い人なんだぞ」

「冬也って、村長にはタメ口なのにさ、勇者にはさん付けするんだね。ハーレム野郎なのに」

「秋穂まで……オレも一般常識くらいあるっての！」

「いや、そうでもないでしょ」

「説得力皆無だよね」

新鮮な魚に舌鼓《したつづみ》を打ちながら、若い3人が勇者の件で盛り上がる。勇人を庇《かば》う冬也に対し、夏希と秋穂が面白半分に絡む。別に勇者が嫌いなわけでも、ハーレムを否定するわけでもない。ただ単に、冬也とじゃれ合いたいだけのように感じた。

一方、そんな私の隣では、桜が不満そうに膨れている。「なぜ秘密にしていたのか」「私にだけは教えてくれてもいいんじゃ？」と、拗《す》ねた口ぶりで捲《まく》し立てた。

「桜はダンジョンを攻略中だろ？　余計な情報を伝えるのはどうかと思ったんだよ」

「まあ、それはわかってますけど、せめてちょっとだけでも――」

まだ拗ねているが、不信に感じているわけではなさそうだ。隠していて悪かったと、ひとまずは謝罪を述べておく。すると今度は夏希が――。

「ねえねえ、じゃあわたしは？　毎日ずっと村の中にいるんですけどー」

こいつの場合は完全にダル絡みだろう。冬也に続いて、私にまで絡んでくるとは……。

「なあ。お前に話したとして、だ。誰にも言わずにいる自信はあるのか？」

「えっ。……ど、どうかな、大丈夫なんじゃない？」

全然まったくこれっぽっちも大丈夫ではない。こいつなら確実に言いふらして回るだろう。

「まあとにかく、掴みは上手くいった。しばらく様子を見るつもりだからよろしくな」

「あれ？　村人として受け入れないんですか？」

桜は受入れに積極的じゃないことを疑問に思ったみたいだ。

「決して悪いやつらではないよ。ただ、村に住むのは難しいだろうな」

「もしかして、私たちとの確執を考えてます？」

「いや、村のみんなは上手く付き合ってくれると思うよ。勇者がハーレムを続けても、それほど気にしないだろう」

「ではなぜ？　戦力強化のチャンスですよね」

勇者を中心に完成されたコミュニティ。それが村に移住してくればどうだろう。それぞれが分業となり、勇者と一緒にいる時間に差が出てくる。そうなれば必ず軋轢《あつれき》が生まれ、村全体に悪影響が出始める。

今でも多少の不和はあるだろうが、村に来れば目に見えて膨らんでいく。あとに待っているのは争いか離別か。どう転がっても悪い未来しかない。そうみんなにも伝えた。

「あとはアレだ。私の指示で動くことになるだろ？」

「あー。先導者が変われば、納得しない人も出てくるでしょうね」

「その問題が解決しない限り、受入れは厳しいだろうな。間違いなく派閥ができる」

「納得しました」

「なるほどねー」

「まあ、なるべく友好的にいこうよ。良き隣人としてつながりを持てればいいさ」

戦力的にはこれ以上ない逸材。されど、今の私にはあの集団を制御する自信がない。今できることはせいぜい恩に着せること。そして、頼れる味方を演じることくらいだった。

〈南の勇者たち〉　啓介と2回目の会合後

今日の昼過ぎ、啓介さんたちが自分の村へと帰っていった。

新品の服や靴、よく切れそうな武器、他にもいろんな道具をもらって、みんなは大喜びしている。何より衝撃だったのは、日本で食べ慣れた米を見たときだ。「もう二度と食べられない」そう思ってただけに、涙がこぼれるほど嬉しかった。

夕飯となった今も、昼に食べきれなかったパンやおにぎりを主食に、みんなで夕食を囲んでいるところだった――。

「勇人さん、食べないんですか？」

「うん？　食べてるよ。ちょっと考えごとをしてたんだ」

「それって、あの人たちのことですか？」

今日、鍛冶スキルを所持していることが判明した紗枝《さえ》が、心配そうに声をかけてくれた。

「とても良い人たちだったな、ってね」

「そうですね。でも私たちは勇人さんがいれば十分ですよ」

「うんうん！」

「そうだよー！」

「ありがとう。僕もみんなと出会えて良かったよ」

杏子さんからハーレムという言葉が出たときは、正直、後ろめたい気持ちでいっぱいだった。

まあ、ほとんどの子とそういう関係になってるから、実際そのとおりなんだけど……。

でも啓介さんは、それを蔑《さげす》んだり否定したりしなかった。むしろ、よくやっていると褒《ほ》めてくれたんだ。普段、みんなが頼ってくれるのもすごく嬉しいけど、彼のような大人の男性にああ言われると、今までの僕の行動が肯定されたようで――。身勝手な解釈とはわかっていても、とても心が落ち着く。

「あー、勇人また考えごとしてるー」

「ごめんごめん。ところでみんなは彼らのこと、どう思った？」

みんなはどうなんだろう。それが気になって聞いてみると、

「いい人たちだと思うよ？　服とかいっぱいくれたもん」

「私たちのことをエロい目で見てなかったしさ。前のやつらと全然違ったよね」

「わたしはスキルが知れて良かったかな。勇人の役に立てそうだし」

杏子さん、立花、葉月以外の６人は、理由はどうあれ好印象のようだ。確かに良いものをたくさんもらったし、スキルを把握できたのも助かった。

「立花や葉月はどう？　２人も楽しそうに話してたけど」

「んー、あたしは大丈夫だと思うよ？　一応警戒はするけどね」

「そういえば立花、剣をもらってご満悦だったよね。ひとまず信じてみようって感じかな？」

「そそっ。今日からはこの剣でみんなを守るよ！」

自分が剣聖だと知り、彼女はさらに自信をつけていた。今までも狩りを頑張ってくれていたし、僕にとっても頼れる相棒みたいな存在だ。

「私も自分の能力がハッキリわかった。これからいろいろ試して頑張る」

「葉月に手当してもらうと、傷がうそのように消えるもんね。これからも助けてほしい」

「任せて。みんなのために立派な聖女になる」

啓介さんが言うには、どんな傷や病気でも治せるらしい。僕らにとってかけがえのない存在、まさに生命線といった感じだ。

「杏子さんも、交渉を任せてしまってごめんね。普段もそうだけど、今回は本当に助かったよ」

「勇人も上手に話してたと思うわよ。今回はいろんな意味で本当に助かったわね」

「えー、なんか含みのある言い方じゃん。なんかあんの？」

「含みも何も、みんな殺されなくて良かったねって意味よ」

僕たちが少しでも敵対してたら、その場で全員殺されていただろう。と、彼女はみんなの前でそう言い切った。

「でもさー。うちには勇人と立花がいるし、杏子さんの魔法もあるじゃん」

「甘すぎよ。ヘタしたら、啓介さん1人に全員やられていたわ」

「それってあの結界みたいなやつのこと？　まあ守りには強いと思ったけどさ」

「単純にレベルの差よ。たぶんあの人、私たちの何倍も強いわよ。結界の外に出てきたのも、絶対に負けない自信があるからでしょ」

確かに、僕も同じことを感じていた。彼は常に余裕を持ち、自信に満ちたオーラみたいなものを放っていた。もちろん嫌な印象は一切なかったけど、恐ろしく強いことは確かだ。

「でもこっちには勇者がいるんだしさ。それ目的で近づいたって暴露してたよね？」

「まあまあ落ち着いて。彼は相当に強いと思う。その上で仲良くしてくれたんだよ」

「まあ、勇人が言うならそうなのかな。私にはよくわかんないけど」

一部の子はまだしっかりと認識できていないようだ。今の僕たちでは、彼らの敵にすらなれないことに――。

「とにかく、相手の力量はしっかり吟味《ぎんみ》しよう。いつどんなやつが来るかわからないだろ？」

「そっかー。杏子ちゃんごめんね。私の考えが甘かったよ」

「いえ、私の言い方も悪かったわ。あまりにも差がありすぎて困惑しているのよ」

多少の食い違いがあっても、最後はお互いを尊重している。それぞれ思うところはあるだろうけど、表面上は上手くやっているんだと思う。

「話は変わるけどさ。勇人は街へ移り住む気はあるの？」

誰かしらが空気を読むように、話題が街のことに移る。

「そうだね。生活は豊かになるだろうけど、正直まだ決め兼ねている。懸念事項もあるしね」

街にいる日本人のこと、人族との戦争のこと、何より自分が勇者という存在だということ。

啓介さんの話によれば、街では日本人の職業とスキルを管理しているらしい。教会で能力を鑑定されれば一発でバレてしまう。そうなれば、必ず議会からの接触があると言っていた。もちろん優遇はされるだろうが、身動きは取りづらく、戦争にも絡むだろうとのこと。

「勇人、街にはダンジョンがあるらしいぞ。レベル上げには好都合なんじゃないか？」

「立花の言うことはわかるよ。僕らも早く力をつけないとね」

「川の東にいたオークと戦ってもいいと思う。立派な武器や防具もあるし、怪我は私が治すよ」

　葉月の治癒魔法があれば心強い。僕もやれそうな気がするし、啓介さんから魔物の情報をもらっている。無計画のまま街へ行くのは自滅行為だ。まずはみんなを守れるだけの力が欲しい。

　それからみんなで話し合った末、しばらくはここに留まってオークを狩る流れとなる。

「杏子さんもそれで構わないかな？」

「ええ、今すぐ街へ行くのはリスクが高いと思う。私も賛成よ」

「そっか。ありがとう」

　こうして僕たちは決意を新たに動き出す。今はまだ軟弱だけれど、１日でも早く強くなってみせる。そしていつかは啓介さんのように、みんなを引っ張れる存在になろう。

　僕はそう心に誓った――。

17章　仲間たちの成長

異世界生活157日目

勇者たちとの交流から一夜明け、村は普段どおりの生活に戻っている。彼らが村に住めば別だろうけど、今はせいぜい、良き隣人くらいに思っているはずだ。

獣人たちの日本人に対する感情は、多かれ少なかれ、あまり良いものではない。が、勇者たちのことは私からも説明してある。少なくとも、街の日本人と一括りにすることはないだろう。

と、そんな今日は、ルドルグの建築現場を訪れている。既に基礎工事が始まっており、周りには建材を運ぶ人たちの姿が――。

「ルドルグ、調子はどうだい？」

「なんだ長か。やっと落ち着いてきたぞ。今日から村の連中の家を建てる予定だ」

「おおー。ってことは、木材の準備も？」

「バッチリだ。量は揃ってるし、乾燥状態も申し分ない！」

今までに建てた家は、乾燥が不十分な木材を使用していた。収縮によりひび割れたり、変形している箇所が多々見受けられる。背に腹は代えられず、最低限必要なものを建てていたのだが……。桜の水魔法でコツコツと水分を抜く日々、ようやく建材に適した木材が揃ったらしい。

「これからバンバン建てていくぞ」と、ルドルグたちは息巻いている。

「どんなものが建つか楽しみだよ」

「おう、期待しとけ！」

しばらく建築班の作業を眺め、今度は鍛冶場のほうへと向かう。と、近づいていくにつれ、槌《つち》を打つ音が次第に大きくなる。

「やあ。みんなの仕事ぶりを覗きに来たぞ」

「あ、村長お疲れー」

「いらっしゃいませー」

「おいお前ら、仮にも村長だぞ。さすがに気さくすぎないか？」

鍛冶場に到着すると、夏希とベリトア、それにベアーズが集まっていた。

「ベアーズさんも大概でしょ。仮にもって、そっちのほうが失礼なんじゃない？」

「あ、いやすまん。でもオレは村長を気遣うつもりで……」

若い女性2人に挟まれ、おっさんのベアーズはたじたじの様子。とはいえ、終始笑顔でやり取りしてるし、職人同士の関係は良好みたいだ。

「それで村長、今日はどうしたんだ？　ご所望の品でもあるのか」

「いや、不足しているものはないかな、って」

「なるほど。まあ在庫はあるし、しばらくは問題ないぞ。鉱山からも質の良いのが採れてるよ」

「ほお。街のものと比べてどう？」

「かなりいいぞ。純度は高いし、鉱石からの抽出率も良いらしい」

北の鉱山で採れるものは、街の採掘場よりも金属の含有率が高いんだと。製錬の魔道具による変換効率も良く、より高純度なインゴットを生成できるみたいだ。もしかすると、大地神の加護が効いているのかもしれない。

「ベリトアと夏希はどんな感じ？」

「わたしは相変わらず家具作りに専念してるよ。最近はテーブルやイスがメインかな」

「あー、この前見せてもらったよ。アレはいい出来だよな」

「そうでしょう、そうでしょう！」

「ベリトアはどうだ？」

「んー、とくには？　革の素材も倉庫にいっぱいありますし」

ダンジョンを発見して以来、万能倉庫は魔物の素材で溢れ返っている。どれだけ贅沢に使っても在庫がなくなることはないだろう。

「革と言えばさ。ベリちゃんがこの前作った大型のリュック。アレは評判良かったよねー」

「確かに上物だったな。ダンジョン班も喜んでたわ」

「えへへー、ありがとうございます！」

「ここは村の生命線だからな。これからもよろしく頼むよ」

私がそう言うと、３人とも誇らしそうに返してくれた。何かあれば声をかけるように伝え、次の場所へと歩いていく。今度は村の主要産業である農業区画だ。

「あ、そんちょーだ！」

「おじさんきたー」

「ほんとだ。つばき姉さん、村長がきたよー」

田んぼの前までくると、全身泥だらけの子どもたちが――。私に気づいて、大声を出しながら手を振ってくれた。他にも椿や獣人の女性たち、メリナードの奥さんであるメリッサの姿も見えた。彼女らも一様に泥まみれとなっている。

「やあみんな。しっかり働いて偉いじゃないか」

「うん！　今は田んぼを踏み踏みしてるとこだよー！」

「つばき姉さんがいうには、コレが大事なんだってさ」

「土にくうきを入れてるのー」

「そうかそうか。頑張ってて偉い」

今はどうやら、水を張った田んぼの攪拌《かくはん》作業をしているようだ。子どもたちにしても、その理由を理解した上で手伝っている。

「メリッサも一緒だったんだな」

「はい。勉強も大事ですが、まずは子どもたちと仲良くなることから始めようと思いまして」

「なるほど。社会勉強を兼ねてるし、とても素晴らしいと思うよ」

「ありがとうございます」

「みんなもご苦労さま。慣れるまでは無理せずにやってくれよ」

兎人はもちろんのこと、どの種族の顔も生き生きとしている。忠誠度の上がり具合はすこぶる良好。ここでの生活にもすっかり慣れてきたようだ。

——にしても、農作業にこれだけの人数が割けるとは驚きだった。子どもが7人いるものの、今ここで作業しているのは全部で21人。村の主力産業にふさわしい人員配備だ。

「啓介さん、お疲れさまです」

「椿、手を止めさせて悪いね。ちょっと様子を見に来たんだ」

「いえ、私も今日は指導だけなので。何か気になるところはありました？」

「いや、全然ないよ。人が増えたなって思っていたとこ」

「そうですね。農作業に従事する人が増えましたし、そろそろ芋畑を拡げようかと思います」

「そっか。芋は村にとって最大の武器だしな」

「収穫時期が被《かぶ》らないよう、徐々に拡張していく予定です」

「その辺りは任せたよ。椿の思うようにやってくれ」

予定では、明日には田植えを始めるらしい。それが終わり次第、芋畑の拡張に取り掛かる。

まあこれだけの人数がいるんだ。あっという間に終わってしまうだろう。

椿たちと別れたあとは、木こりの夫婦を見に行ったり、水車小屋で脱穀作業を覗いたり、機織りをしている人たちと話したり――。村を巡回しながら、のんびりと1日を過ごした。

ほとんどの作業が私の手から離れ、自分は声をかけて回るだけ。なんとも自堕落《じだらく》に思えるが……本来、こういう体制を築きたかったので非常に満足している。

異世界生活158日目

次の日。農業班を中心に、村人総出で田植えを行う。他の作業はすべて休止。ダンジョンの探索も今日だけは中断している。

それというのも昨日の夕方、ダンジョン班からとある報告があったのだ。なんと10層のボスを倒し、転移陣の解放を成し遂げたらしい。今日はひとまずの区切りとして、村で休息を取ってもらうことになった。

10階層のボスは『オークジェネラル』。将軍の冠をつけるだけあって、そこらのオークとは比べ物にならない強さらしい。その取り巻きにはオークファイター3匹とオークメイジが2匹。こいつらもかなりしぶとく、みんなは苦戦を強いられたそうだ。

じゃあ、どうやって倒したのか。そう聞いたところ、冬也たちが興奮気味に語り出す。

「まず開幕はロアだ。ジェネラルを土壁で何重にも囲ってさ！　その動きを完全に封じたんだ！　そのあとメイジに切りかかっていったら……やつら火魔法を使いやがってよ」

「私の水魔法で相殺できたんですけど、今度は3体のファイターが襲ってきて――」

「目標をファイターに切り替えてさ。メイジのほうを桜さんとロアに任せたんだ」

取り巻きのレベルはいずれも40前後。当時の冬也たちよりも高く、相手の連携を前に苦戦を強いられる。冬也と春香、それに秋穂が前に出て、1対1の状況に持ち込んで倒した。

「なあ秋穂。おまえも前衛なのか？」

「そりゃあ私だって戦うよ。当然でしょ」

「そ、そうか。なんていうか、すごいな……」

いわゆるバトルヒーラーってやつだろうか。そこそこ戦えるのは知っていたが、まさか接近戦までこなしているとは――。

「今度はメイジなんだけどさ。相変わらず、バンバン火の玉を放ってくるわけ。埒《らち》があかないし、ロアの土壁にも亀裂が入りだして……」

「そこで私の水魔法です！　ピンっと閃《ひらめ》きましてね。冬也くんを水の膜で包み込んだんですよ」

「いきなりでビビったけど、そのおかげでメイジに接近できたんだ。水の魔法剣よろしく、一刀で切り伏せてやったぞ！」

冬也の全身に加え、剣をも水の膜で包み込む。そして、火の玉を切り裂きながら接近。見事メイジ2体を亡き者に――。残すところは大ボスのジェネラルのみとなった。

ボスは土壁を突き破ると、雄叫《おたけ》びをあげながら飛び込んでくる。冬也と春香が盾となって、秋穂は後方支援の態勢。桜とロアが魔法を撃ちまくったものの、

「体中が穴だらけになってもへっちゃらでした。さすがはボスって感じですね」

前衛が応戦しつつ、なおも魔法を放ち続ける魔法職。冬也が一瞬の隙を突いて、ジェネラルの両腕を切り落とす。

「最後は不肖《ふしょう》この春香が、敵将の首をバッサリいただきました！」

――という感じで。帰ってきて早々、みんなの武勇伝を聞かされた。

食事中の村人たちは、終始、冬也たちの話に釘付け。大好物の芋を取る手を止めてまで聞き

入っていた。ひとしきり話が終わったあとも、次から次へと質問が飛び交い、そのまま大宴会へと突入する。冒険譚を酒のつまみに、夜遅くまで語らっていた。

なお、待望の討伐報酬は3つ。ジェネラルが装備していた大鉈《おおなた》と、こぶし大はあろう魔石。それに加えて、極上霜降り肉を50キロほど入手している。さっそくその日に食べてみたところ――。肉の味は極上の名にふさわしく、口に入れた瞬間に蕩《とろ》けてしまった。


そんなこんなで一夜明け、本日の田植えを迎えている。10階層を制覇してめでたしめでたし。

そう思っていたが、この話には続きがあった。

――それは今日の昼過ぎのこと。冬也が教会に立ち寄ったのがキッカケだった。

昼食を終えたラドたちが、日々の祈りを捧げに教会へと向かう。休日だったこともあってか、その日はたまたま、冬也もついていったんだと。

普段は居間のモニターを使っていたので、わざわざ教会へ行くこともなかったそうだ。かくいう私たちも、教会を設置した日以降はほとんど顔を出していない。

「冬也殿は女神さまに祈らないのか？」

「ん、オレですか？」

「ああ、せっかくここまで来たんだ。感謝の一つも捧げてみては？」

「あー、確かに。たまには祈っとかないと罰が当たりそうですね」
ラドとそんなやり取りを交わし、何げなく女神像の前で祈りを捧げたとき——。

『職業の派生条件を達成しました』
『魔剣士へ昇格することが可能です。昇格しますか？　Yes／No』

そんなアナウンスが聞こえてきたらしい。いかにも強そうな『魔剣士』という単語に魅《ひ》かれ、どうするか迷った末に「はい」と答えた。

冬也Lv41　村人：忠誠97　職業：魔剣士〈NEW〉
スキル　魔剣術Lv1〈NEW〉剣に魔力を纏《まと》わせることが可能となる。

すると、今まで『剣士』だった職業が『魔剣士』へと変化。新たに『魔剣術』なるスキルを習得する。実際に試してみたところ、剣に魔力を纏わせることにあっさりと成功。剣を包み込むように紫色のオーラが発生した。どうやら流した魔力量により、色の濃さが変化するらしい。濃ければ濃いほど切れ味が増すみたいだ。

ちなみに、所持していた剣術スキルは、そのまま引き継がれている。ステータスにこそ表示されないが、威力も扱いも今までどおりだと言っていた。

——と、こんな隠しイベントがあったもんだから、さあ大変だ。この話を聞いたメンバーが、競い合うように教会へと乗り込む。田植え中だった椿を除き、全員、期待に胸を膨らませた。

だが、世の中そんなに甘くないようだ。クラスチェンジなんて現象、そう易々《やすやす》とさせてもらえるわけがない。先に結果を言うと、夏希以外は変化なし。お告げやアナウンスは一向に聞こえてこなかった。

「なんか申し訳ないですね。うへへっ」

「おい、その割には変な声が漏れてるぞ」

「まあいいじゃないですか！　ではでは、新生夏希の能力をご覧あれ！」

両腰に手を当て、ドヤ顔でふんぞり返る夏希。そんな彼女のステータスはこちら。

夏希 Lv27　村人：忠誠96　職業：匠《たくみ》〈NEW〉

スキル　技巧Lv1　あらゆる素材の加工に上方補正がかかる。完成品に特殊効果を付与（低確率）。

細工師から派生したのは『匠』という職業だった。おそらくは『ずば抜けた技術を持つ職人』という意味なのだろう。まあ、職業と言っていいのかは怪しいところだが……。

それよりも注目すべきはスキルのほうだろう。『技巧Lv1』の能力は、『細工』スキルの完全上位互換。対象素材の制限もなくなっている。しかも特殊効果まで付与されるというオマケ付きだ。

「付与される内容にもよるけど、明らかにアタリだよね」

「ああ。武器や防具に付けられたら最高だな」

「アクセサリーなんかもいけそうじゃない？」

それにしても、なんで夏希だけが昇格したのだろうか。冬也の場合、水魔法を纏ったのがトリガーっぽいけど……。本人に思い当たる節を聞いてみるも、さっぱりわからないそうだ。最近は家具作りに専念しており、特別なことはしていなかった。

「もしかして、複数の職業経験じゃない？　夏希ちゃん、家具以外にもいろいろ作ってたしさ」

そう言ったのは春香だ。これまで建築や機織りなど、夏希は様々な職種を体験している。それらの熟練度が蓄積され、一定値を超えたのだと語った。

「なるほど熟練度か。その可能性は十分ありそうだ」

「夏希ちゃん、村のために頑張ってたもんね！　きっとそのご褒美だよー」

「えへへ。ありがとうございます！」

思い返せば、これまでたくさんの仕事を任せてきた。それこそ、村の中では断トツのマルチ職人だろう。そのため様々な技能が一定値を超え、匠へと昇格した可能性は高い。

「まあなんにしても、こうして2人が転職できたんだ。私たちにもきっとチャンスがある。今回はそれがわかっただけでも良しとしよう」

こうして村の教会には、『転職システム』があると判明した。

まだ知らない機能や恩恵だってあるかもしれない。今まではロクに教会へ寄らなかったが、「これからはちょくちょく行こう」とみんなで話し合った。

異世界生活160日目

冬也と夏希が転職して2日後。今日も普段と変わらない平和な1日を過ごしていた。

ダンジョン班は昨日から攻略を再開。現在は11階層を探索中だ。この階層からは通常のオークに加えて、オークファイターとオークメイジが出現。敵のレベルも40を超え、明らかに狩り場のランクが上がっている。

しかしながら、それに臆する素振りもなく、下層へと潜る気満々で出かけていった。とくに桜や春香、それに秋穂なんかは、自分たちも冬也に続けと言わんばかりに奮起している。

一応、無理をしないように釘を刺したが……その程度で自制する雰囲気ではなかった。

(まあ、命がけの冒険だしな。私がとやかく言うのは野暮《やぼ》ってもんか……)

そんな一方、村にいるみんなの成長も著しい。農業班は芋畑の拡張作業に取り掛かり、農耕スキル持ちを中心に、ものすごいスピードで耕している。椿は監督的立場として、みんなにアレコレと指示を出していた。村人からの信頼は厚く、不満げな顔をする者は1人もいない。終始、良い雰囲気で作業が進む。

また鍛冶場では、夏希が特殊効果を発動させようと奮闘中だ。彼女曰く、明らかな手応えを感じる瞬間があるそうだ。どう加工すれば効果が付くのか、試行錯誤を繰り返している。

「ルドルグ、ここもそろそろ終わりそうだな」

「おう長か。見てのとおり、あとは調理場だけだぞ」

そんな私は現在、元は集会所だった場所の視察に来ていた。改装された食堂には、10人掛けの丸テーブルがいくつも並ぶ。既に食堂周りは完成しており、残すところ、かまどや調理場の設置のみとなっていた。

「これだけ広けりゃ、100人近くは座れそうだな」

「そりゃあ、座るだけならいけるだろうよ。調理が間に合うかは別だけどな」

「いや、そうでもないんじゃないか。昨日のルルさん、凄かっただろ？」

「あー確かにな。アレは見事なもんだった」

村の調理を担当している4名のうち、兎人のルルさんが『調理師』の職業と『料理』のスキルを授かった。『料理Lv1』の効果は、調理の速度と味に補正がかかるというもの。実際に披露してもらったところ、芋の皮が恐ろしい早さで剝《む》けていった。

ルルさん本人が言うには、どこに刃を入れたらいいかが自然とわかるらしい。調味料の量や水加減なんかも、「最適な分量が頭に浮かんでくるんです」と嬉しそうに教えてくれた。

「それはそうと、調理場はもう少しかかるぞ。なにせルルたちの注文が多くてな」

「もちろん構わないよ。彼女たちの好きにやらせてくれ」

「今回はパン窯も作るからよ。長も楽しみに待っとれ」

「おおー、そりゃあ嬉しいね。出来上がりに期待してるよ」


その日の夕方——。

『村長、メリナードでございます。今お話しする時間はとれますか』

そろそろ寝ようかと思っていたとき、街に行っているメリナードから念話が届く。

『もちろんだよ。それでどんな話かな？』

『議会の訪問のことです。まずは日程なのですが――』

村への来訪は5日後の昼頃。しかも議長自ら訪れることになった。その最たる理由は、議長だけが完全中立の立場だから。これは商人なら誰でも知っている常識らしい。公平を謳《うた》っている議会とはいえ、議員同士、種族同士の対立はままあること。抜け駆けしようと目論《もくろ》む輩《やから》が牽制《けんせい》し合っているそうだ。今回はあくまで視察と交流が目的。「小難しい交渉や駆け引きは一切なし」、という体裁をとっているらしい。

『で、実際のところはどうなんだ？』

『大半の議員は良き取引相手として認識しています。一部を除いて、となりますが』

『なるほど。価格についての不満か？』

『いいえ。決して安くはありませんが、暴利というわけでもございませんので。ただ……』

『ただ、どうしたんだ？』

『作物の量をもっと増やせないのか、という意見はかなり多いですね』

『ああ、なるほど。そういうことか』

需要があるのは良いことだ。こちらがアドバンテージをとれているなら、交渉や条件提示にも有利に働くだろう。出し惜しむのは問題だが、匙《さじ》加減さえ間違わなければ大丈夫そうだ。

『当面、出荷量を増やす予定はない。交渉の余地を残しつつ、上手いことかわしてくれるか？』

『はい。その辺りはお任せください』

『よろしく頼むよ。――それで、他に目立った報告は？』

『そうですね。当日は私と議長、それに護衛の戦士団10名で参ります』

メリナードの話によれば、議長は人望が厚く、人格者として有名とのこと。村の様子を見学してもらって、こちらが無害なことを理解してほしい。

『そうか。くれぐれも日本人を連れてこないように。議会にも念を押してくれ』

『問題ありません。その件についてはしっかりと伝えてあります』

本題を聞き終えたあとは、彼の奥さんや家族の様子、街での出来事を語り合った。

ボス討伐の話題を振ると、メリナードは珍しく興奮気味。根掘り葉掘り聞いてきて、

「自分もいつかはダンジョン攻略に」と、終始、語気を強めていた。なんでも若い頃から、冒険者に憧れていたそうだ。最近は護衛の2人と、村のダンジョンに挑む計画をしているらしい。

『商会の運営もあるだろうけど、メリマスと交代で村に住んでも構わんからな』

『なんとっ。言質《げんち》はいただきましたぞ』

『一度きりの人生だ。存分にやってくれよ』

『感謝します。それではまた何かあれば連絡いたします』

翌日――。

朝一番で馬車に乗り込み、採掘班のみんなと山脈へ向かった。今日は鉱山の視察を兼ね、熊人に発現したスキルを確認する予定だ。授かった職業は『採掘士』、スキルは『採掘』という名称で、掘削作業に上方補正がかかるらしい。

「村長、着きましたぜ」

「みんなは普段どおりに作業をしてくれ。私は自由に見させてもらうよ」

「わかりやしたっ。みんな、今日も安全第一だぞ！」

「「「おおー！」」」

景気のいい掛け声とともに、各自が自分の作業へと分かれていく。

採掘作業は過酷な肉体労働。常に危険を伴う仕事である。そのため、絶対に無理はしないよう言いつけてある。号令を出していた熊人も、その辺りのことはよく理解している。以前視察に来たときも、常に現場を見回り、適度な休息を取らせていた。

「スキルを授かったのって、あそこにいるベッケルだよな？」

「へぇ。今日はちょいと奥まで行きますんで、村長も注意してくだせえ」

頭《かしら》の彼と分かれてから、ベッケルのいる採掘現場へと向かう。入り口で声をかけると、一緒に奥のほうまで進んでいった。坑道は背丈ほどの高さ。奥に7メートルほど延びているようだ。

「ベッケル。さっそくだが、スキルの使い勝手を教えてくれ」

「ああ構わんよ。何から説明しようか」

「変化を感じたことならなんでも頼む。とにかくいろいろ知りたいんだ」

「わかった。ならまずはコレだな」

ベッケルはそう言って「カァン」とつるはしを一振り。すると岩盤に亀裂が入り、岩の塊がごっそりと崩れ落ちる。どう見ても掘れる量が異常だし、力を入れたようにも見えなかった。大きな漬けもの石くらいはあるだろうか。そんな石の塊が、ただの一振りで掘れてしまう。

「まあこんな感じで、どこを掘ればいいのか何となくわかるんだ」

「こりゃあすごいな……。もしかして、掘るべき場所が光って見えるとか？」

「いや、そんなことはないな。自然と意識が集中する感じだ」

「かっこいいなそれ。他には？」

「次はこれだな、っと」

今度は、掘った岩の塊を軽々と持ち上げてみせた。もともと力の強い熊人なのだが、採掘した岩はさらに軽くなるらしい。片手でひょいっと、小石でも拾うかのように披露する。おかげで運搬も楽勝。手で持ち運ぶのはもちろんのこと、荷車に載せても軽くなるようだ。

「そういえばこの荷車、車輪や枠が鉄製だよな。こんなの以前はなかったような……」

「ああそれ、ベアーズの旦那が作ってくれたんだ。今は専用のレールを製作中だぞ」

「マジかよ。あいつすげぇな」

将来的には、製錬炉直通のレールを敷き詰める予定。近日中にもテスト運用を始めるそうだ。

鉄の採掘量が増えたことで、材料の目途が立ったんだと。今は木の板を敷いているが、そのうちスムーズな運搬が可能となる。

「にしても、これだけ効率がいいとさ、相当奥まで掘れるんじゃないか？」

「まあな。でも7日が限界だぞ。どれだけ掘ろうが、どうせ穴は塞《ふさ》がるんだ」

「前にも聞いたけど、それがこの世界の常識なんだな」

「ああ。少なくとも獣人領ではそうだ」

「元どおりになった場所って、また鉱石が採れるんだろ？」

「しばらく経つとな。なぜそうなのかはわからん」

大山脈にできた坑道は、7日程度経過すると、あるとき一瞬で元に戻るそうだ。その仕組みは不明だが、トンネルを掘って東の領域に到達するのは無理みたいだ。

「坑道が崩落したことはただの一度もない。だが、いつまでも掘り進めていると……」

「そのまま生き埋めになるってわけか」

「ああ、それが一番の死亡原因だ。掘り返したところで死体は消えている」

この話を聞いたとき、私にしては珍しく閃きを覚えた。掘った坑道、というか大山脈って村の敷地にできないかな、と。もし可能であれば、掘った坑道もそのまま維持されるのではないか。奥に進めば、ワンチャン何かレアな鉱石でも見つかるんじゃないか、と。

「なあベッケル、この坑道って今日で何日目なんだ？」

「5日目だ。余裕を見て今日で切り上げるつもりだ」

「ちょっとさ、ここに結界を張れるか試してみるよ。念のため、いったん外に出よう」

2人で外に出たあと、岩肌に向かって拡張をイメージ。幅も長さも10メートルに設定して延ばしてみる。すると結界が点滅状態となって拡がっていき、見事に山脈の岩肌をくり抜いた。

結界の高さが20メートルもあるため、巨大な洞窟が口を開けているような感じだ。

「「「うおぉ……」」」

周囲で作業をしていたみんなは、いきなり現れた洞窟に驚きの声を漏らす。

「どうやら大山脈にも張れるみたいだ」

「こりゃあすげぇ。さすがは村長でさぁ」

「どうだろ。せっかくだし、このまま固定してみてもいいかな？」

「なら、もう少し奥までどうです？　お宝が眠ってるかもしれませんぜ」

まだ見ぬ希少な鉱石、それこそ大鉱脈があるかもと、みんなは目の色を変える。過去の最長

記録は10メートル程度とのこと。誰も知らない未知の世界に興味を抱いていた。結界があれば崩落の心配はないだろう。と、30メートルほど延ばして固定する。

ただし、穴が元に戻る可能性を捨てきれない。最低でも1週間は立入禁止。調査や採掘はそのあとに開始する。

「いやぁ、これは夢が広がるなぁ！」

「こんなに深く掘ったやつはいないからな。おれも何が出てくるか楽しみだ」

頭もベッケルもかなり期待しているようだ。

「中は真っ暗だからな。メリマスに街灯の魔道具をもらってくれ」

「りょうかいでさぁ！」

このまま大山脈をくり抜けば、人族領や東の領域へも到達できる。もちろん今すぐ行くつもりはないけど、きっといつかは役に立つときが来るだろう。

そんなこんなで思いがけない収穫もあり、お宝を夢見ながら視察を続けた。

その日の夕方。村に帰還して早々、椿から嬉しい報告が——。なんと村で飼っているクルック鳥の雛《ひな》が生まれたらしい。鶏小屋を見に行くと、数羽の雛がピヨピヨと元気に鳴いていた。

「今日のお昼頃に生まれたんですよ」

「可愛いもんだね。うちの田舎で飼っていたのを思い出すよ」

「それって、啓介さんのご実家ですか？」

「ああ、爺《じい》ちゃんが大事に育ててたんだ。なんだか懐かしいな」

ここ数年は電話でしか連絡を取ってなかったけれど、あの元気の塊みたいな爺ちゃんだ。今もよろしくやっているだろう。

「それはそうと、育て方は特殊だったりする？」

「メリーゼさんに聞きましたけど、とくに手をかける必要はないそうです。親と一緒にしておけば問題ないって」

「そっか。なら安心だね」

「村で生まれた初めての命。元気に育ってほしいものです」

「ほんとだな。大切にしよう」

そんなこんなで夕食を摂りながら、みんなで今日の成果を話し合った。途中、家畜のことがキッカケで、村の中心に水路を引くことが決まる。飲み水は桜の水魔法に頼り、生活水は川から汲んでいたが……。村の人口が増えてきたし、気軽に使える状態にしたい。

幸いなことに、川の水質は極めて良好。北の源泉から村までは、ずっと結界で覆っている。水路さえ引いてしまえば、綺麗な水が使い放題だ。農業はもちろんのこと、日々の調理や家畜の世話にも役立つだろう。

当面は私と農業班を中心に片手間でやっていくことに。水路を敷地化してしまえば、伐採や除根の手間いらず。農耕スキルや土魔法を使えば、そこまで難しい工事ではない。

「まあ、風呂は桜任せになるけどな」

「問題ありません。私も毎日入りたいですし。ねっ、夏希ちゃん」

「桜さんのお湯は別格だもん！　もうアレなしじゃ生きていけない！」

「おい夏希。おまえは入りすぎだろ。毎日何回入ってんだよ」

「何よ。わたしたちを敵に回すつもり？」

「ほんと、冬也ってデリカシーないよね」

冬也の迂闊な発言に、夏希と秋穂が速攻で食いつく。

(あー、やっちまったな。風呂の話題は沈黙に限ると散々……)

しばらく女性陣に囲まれ、風呂の大切さを教え込まれる冬也。助けに入る者など現れるはずもなく。１人、また１人と、男たちが逃げ出していく。ちなみに私は一番に回避したよ。

異世界生活１６２日目

「あっ、おはよー」

「おはようございまーす」

「おはよう。２人もステータスのチェックか？」

「そうそう。朝食前に済ませとこうかな、って」

「そっか。じゃあ先に見ていいぞ」

日課のステータス確認をと思ったところで、春香と桜が同じタイミングでやってきた。

昨日は鉱山の視察をしたり、雛の誕生イベントなんかもあった。「もしかしてスキルに変化が」なんてことを思いながら、少しだけワクワクしている。

「じゃあお言葉に甘えてお先にー」

モニターに映し出された春香のステータスを覗き見る。すると、スキルや新職業は発生していないが、レベルは44まで大きく上昇していた。10階層のボスやオーク上位種を倒しているだけあって、ここ数日の成長率が半端ない。

それは桜にも言えること。レベルは46まで上がっているし、申し分ない成長だと思うのだけれど……。本人は少し不満げな様子。ステータスを睨《にら》みつつ、ため息をこぼしていた。その原因は十中八九、２次転職に関することだろう。

「ふぅ。まだダメかぁ」

「そんなに慌てなくても大丈夫だろ。あまり気負いすぎるなよ」

「まあそうなんですけどね。せめてキッカケでも掴めれば……」

「派生職のトリガーがわかればいいのにねー」

「やっぱりいろんな魔法を体験するのが、一番の近道だと思うんですよ」

「冬也くんもそんな感じだったもんねー」

確かに冬也は、桜の水魔法を全身に纏って戦った。その経験から派生した可能性が高いように思える。それと同様、桜もいろんな魔法を体験することで――。

ん？　ちょっと待てよ。魔法の経験か……。

「なあ桜。明日、南の勇者のところへ行く予定なんだけど……おまえも一緒にどうだ？」

「勇者のところですか？　別にいいですけど、何か目的でも？」

「あそこには賢者がいるだろ？　魔法の体験とか、ヒントがもらえるかと思ってさ」

「あ……っ。行く行く！　私も一緒に行きたいですっ」

「じゃあ、わたしもついて行こうかなぁ」

「でも春香、ダンジョンはいいのか？」

「いやぁ。一度くらい会っておきたいじゃないですか。伝説の勇者様ご一行に！」

まあ、桜だけってわけにもいかんよな……。この際だし、日本人メンバーの顔合わせをしておくか。全員で顔を出しておくのも悪くないかもしれん。

「んじゃ、みんなで行って親睦会でもするか」

「おっ、それは名案だね！」

「啓介さん、できれば長めに時間を……。ダメでしょうか？」

「もちろんだ。向こうの都合もあるだろうけど、私は全然構わないよ」

「やったっ。ありがと啓介さん！」

喜び全開で抱き寄ってくる桜。おっさんは朝から鼻の下を伸ばす。

「っと、私もステータスを確認しないと……」

「あ、ごめんなさい」

全然ごめんなさいじゃなかった。もっと堪能すれば良いものを……つい話を切ってしまい、とてつもなく後悔している。

気を取り直してモニターに触れ、映し出されたステータスに目をやった。

啓介Lv50　職業：村長　ナナシ村　★☆☆
ユニークスキル　村Lv8（72／1000）『村長権限』『範囲指定』『追放指定』『能力模倣』『閲覧』『徴収』『物資転送』『念話』

村ボーナス　★豊穣《ほうじょう》の大地〈ＮＥＷ〉　☆☆万能な倉庫　☆☆☆女神信仰

数ある項目のうち、村ボーナスの1つの『☆』印が黒く塗りつぶされ『★』になっていた。よくよく見ると、名称も変わっているようだ。豊かな土壌だったのが『豊穣の大地』に変化している。

「おっ、なんだこれ。表示バグじゃないよな？」

「どうなんでしょう。詳細はどうなってます？」

★豊穣の大地〈ＮＥＷ〉この地に生きるものは病気にかからず、生命の維持に好影響を受ける。

※解放条件：初めての収穫、生命の誕生。

「これは……進化、ってことだよな？」

「ええ。以前は土壌と作物限定でした。今回は人や家畜にも効果があるみたいですね」

「解放条件は生命の誕生。ってことは、昨日の雛鳥だね」

「この、生命維持に好影響ってのはなんだろう」

「これ以上の詳細は見られませんか？」

「んー。ダメだな……。何も表示されん」

言葉面からして、良い効果であるのは間違いないんだろうけど……。詳細がわからないのでいまいちピンと来ない。

「パッと思いつくのは、怪我の治りが早いとか、疲れにくいとかだよね」

「なるほど、どっちもありそうだ」

「まさかとは思うけど、老化が止まるとか、若返りとかもあったりして……」

「いや、そこまではどうだろ。生命『維持』ってあるしな、若返りは難しいんじゃないか？」

老化防止ならワンチャンあるかもしれないが、さすがに若返りは無理だろう。私みたいなおっさんならともかく、子どもや雛鳥の成長まで止まることになる。いずれにせよ、良い効果であることは間違いない。自らの実体験を通して検証すればいい。

「まあ、なんにしてもありがたいよねー」

春香の言うとおり、非常にありがたいボーナスへと進化した。病気にかからないだけでも破格の効能。作物への影響だって、さらに向上しているかもしれない。

今回のことで、残りのボーナスにも進化の可能性が出てきた。どんな解放条件で、どのような効果になるのか。否が応でも妄想が膨らんでいった。

「ねえ啓介さん。せっかくだし、今日はみんなで水路を作りませんか？　疲労回復とか、ＭＰ回復の検証もできますよ」

「お、いいねそれ。是非とも試してみたい」

「じゃあわたし、他のみんなに声をかけてくるよ。あとで食堂に集合ねー」

勇者訪問の件もあるし、朝食でも食べながら話そう。と、思わぬ流れで水路建設が始まった。


「よし。敷地の拡張も終わったし、上流のほうから進めていくぞ」

「「おおー！」」

今後も村を大きくすることを考慮して、上流に３００メートル行ったところで川の水を引き込む。下流も同じだけ距離をとって川へと戻す予定でいる。

村周辺の地形は、北から南へと緩やかな傾斜になっている。すなわち、水路の勾配を危惧する必要はない。測量機器を使わずとも、水の流れが止まることはないだろう。

「まずは村の北側まで水路を引くぞ。深さは水の流れを見て決めよう」

「水路の幅はどうしますか？　ある程度の広さは欲しいですよね」

「そうだな。川の幅に合わせて3メートルにしようか」

まずは私の土魔法で地面を大雑把に凹《くぼ》ませていく。と、そのあとを追うように、凹ませた地盤を椿が整形。次に水路の側面を、ロアが石のように硬く固める。

100メートル進める毎《ごと》に、水路に水を張って勾配をチェック。村の近くまで来たら、最後に水路の底面を固めて仕上げる。水路に溜まった水は、桜の水魔法で除去してもらう。

それと並行して、水路に簡易な橋、というか丸太を並べていく。ここは森の中なので馬車のことを気にする必要はない。人さえ安全に渡れればいい。橋の間隔は30メートル前後に決定。

あとは残りのメンバーに任せ、ただひたすらに地面を凹ませていく。

既にみんなのチカラは、人の領域を超えている。重機を入れて作業するより格段に効率がいい。異世界ファンタジーよろしく、まるでゲーム感覚のように工事が進んでいった——。

「おーい。そろそろ昼休憩にするぞー」

「「りょうかい（でーす）！」」

まだ昼前だというのに、上流側の工事がほとんど終わってしまった。

普通に考えたらとんでもない突貫工事なんだが……。水路の仕上がりは良好で、地盤が水流で削れることもなかった。

「桜は杏子さんの教えを乞うとして、秋穂も聖女と話してみたらどうだ？」

「私は聖女より剣聖に教わりたい。身に着けるべきは戦う力のほうだから」

「そうか。自分の思うとおりにやってくれ」

今は昼飯を食べながら、明日の予定を話し合っているところだ。

「もぐもぐ……わたしはどうしよっかなー」

「夏希は好きにすればいいさ。ただ、派生職のことは秘密にしてくれよ。むろん冬也もな」

「わかってる。そう簡単に手の内を見せるつもりはない」

「あー、あと女性陣。あまり勇人を揶揄《からか》うんじゃないぞ。これはフリじゃないからな」

「わかってますよー。うへへっ」

「おい夏希……ほんとにわかってるのか？」

（ちょっと怪しいやつもいるが、まあ大丈夫だろう。……大丈夫だよな？）

今日のところは、上流と村内の水路を仕上げ、残すは下流のみとなった。重機も入れないような森の中を、このスピードは明らかに異常だ。現代でも魔法が使えたら大儲け……。と、職業柄そんなことを考えていた。

それと村の要所には、馬車が渡れる橋が架けられた。実は橋の建設途中、ルドルグが出張ってきたんだ。これでもかと言わんばかりに、見事な橋を架けてくれたよ。職人としてのこだわりがあるのだろう。こういうことには手を抜けない性分らしい。

明日はいよいよ勇者たちとの再会。はてさて、うちのメンバーは大丈夫だろうか。若干の不安、そして派生職への期待を胸に、私は眠りにつくのであった。

翌日、夜明けとともに準備を開始。日本人メンバー全員で、勇者たちの元へと向かう。

中途半端な時間に行くと、向こうの連中とすれ違うかもしれない。そう考え、勇人たちが出かける前に押しかけようという魂胆だ。先触れを頼んでもよかったのだが……。見知らぬ顔を見せると警戒するかもしれない。それならばいっそのこと、早朝に着いた方がいいのでは、とみんなで話し合って決めた。

「みんなで一緒に行動するの、久しぶりで楽しいね！」

「何言ってんだよ。昨日も水路作りで一緒だっただろ？」

「冬也くん、無粋なこと言っちゃダメよー」

「はい冬也、減点1ね」

「えぇ……」

（冬也のやつ、適当に合わせときゃいいものを。なんで口にしちゃうかね）

みんながダンジョンへ向かうなか、夏希はいつも村にいるのだ。こうやって一緒にいるのが嬉しいのだろう。私もなんとなくだが気持ちはわかる。

「おい村長！　手が止まってるぞっ」

「お、そうか？　すまんすまん」

そんな私は、荷馬車の運転をしているところだった。慣れない手つきで手綱《たづな》を握り、隣にいる冬也から御者の指導を受けている。

「もっと手綱に集中！　馬に意志を伝えないと意味ないだろ。ったく、もっと集中しろよな」

「ちょっと冬也。村長に当たるなんて情けないよ！」

「ちがっ、俺は指導をだな……」

冬也は毎日、ダンジョンへ向かう際の御者をしている。今ではいっぱしの運転技術を身に着けていた。ラド師匠曰く、とてもスジが良く、馬との相性も抜群らしい。イライラを私に向けているが、この程度は可愛いもんだ。甘んじて受け入れてやろうではないか。

と、その後も道中を楽しみながら、やがて現地へと到着。おそらくは朝食の支度をしているのだろう。砦の中からモクモクと煙が立っていた。早くから押しかけてみたけれど、既に起きていたことにほっとする。誰かしらはいるようなので、ひとまず声をかけてみることに――。

「おーい。朝早くすまん。私だ、啓介だー」

「「おはようございまーす」」

私が声をかけると、中から大きな声が聞こえてくる。出迎えの女性たちに挨拶したあと、みんなで砦に入っていく。

「今日は日本人メンバーを連れてきたんだけど、大丈夫かな？」

「ええもちろん。みなさん歓迎しますよ」

「ありがとう。じゃあ遠慮なくお邪魔するよ」

「お邪魔しまーす！」

「どうもどうもー」

早朝にもかかわらず、勇人や他のみんなは温かく迎えてくれた。新規の顔ぶれを連れてきたが、以前のような警戒心は微塵《みじん》も感じない。パンや果物なんかを差し入れ、朝食を食べながらの自己紹介となった。前回渡した米や麦は、とっくの昔になくなったらしい。私たちが来るのを今か今かと待ち望んでいたんだと。楽しそうに食事をする女性陣がぶっちゃける。

「啓介さん、なんかすいません……」

「全然構わないよ。正直に言ってくれるほどには打ち解けてきた。そう思ってる」

「ありがとうございます。僕もまた会えて嬉しいです！」

勇者は満面の笑みでそう言った。その声色にうそはなく、本音で語っているように見える。この調子ならば、今後も良好な関係を続けていけそうだ。

「それで勇人、あれから変わったことは？」

「変わったことですか……。あっ、僕たちオークを倒せるようになりました！　これでもう、おいしい肉には困りません！」

「おー、それは良かった。今回は米を多めに持ってきたから、主食のほうも期待してくれ」

「ほんと、何から何まで……うっ」

ちょっと涙目になりながら、本気で感謝してくる勇人。気持ちは嬉しいが、このまま泣かれても困るので話題を切り替える。

「自己紹介も終わったようだし、さっそく今日の本題に入りたいんだが、いいだろうか」

「本題って……、もしかしてこの前みたいな検証かな？」

「ああ、実はさ。勇人やみんなに、スキルや魔法の手ほどきを頼みたいんだ」

「来てくれたのは嬉しいけど、手ほどきって……。教えられることなんてあります？」

「もちろんだ。是非ともお願いしたい」

「……そうですね。じゃあ、お互いに教え合うって感じでどうですか？」

「助かるよ。おいみんな！　勇人の許可はもらったぞ。食べ終わったら指導してもらえよ」

こうして桜は杏子さんとペアに。春香と秋穂、それに冬也は勇人の指導を仰ぐことになった。

椿と夏希は、逆に他の勇者メンバーを指導。農耕や細工スキルを披露しながら交流を図る。

「あれ？　啓介さんはどうするんですか。よかったら僕らと一緒にやりましょうよ」

「いや、私は荷下ろしでもしておくよ。それが終わったら覗かせてもらおうかな」

「あっ、だったら僕も手伝います！」

意外と人懐っこい性格なのだろうか。勇人はなかなか離れようとしない。

その気持ちは嬉しいけれど、桜はもう待ちきれない様子。少しでも長く付き合ってくれと、指導のほうを優先してもらう。

「杏子さんも、手の内を明かすのは嫌だろうけど、よろしく頼みます」

「いえ、大丈夫ですよ。信用していますから。それより、あとで見に来てくださいね？」

「はい、必ず行きますよ。異世界談義なんかもしたいですし」

彼女の警戒心はかなり薄れている。出会った当初とは別人のようだ。柔らかい笑みを浮かべながら、桜と一緒に離れていった。

グルッと周りを見渡すと、女性同士はすっかり打ち解けている。勇人絡みでちょっかいを出さない限りは上手くやってくれると思う。夏希と春香は少し心配だが……。あの2人もなんだかんだで、空気を読むのが上手い。肝心なところでヘタは打たないだろう。


みんなと別れた私は、1人、持参した積荷を運んでいく。

今回は米や麦などの食糧や調味料、着替え用の服や靴を持ってきた。他にも剣と防具、農耕道具や大工道具も用意している。与えすぎは良くないけれど、勇者たちとの関係をもう少し深めておきたい。彼らをこの場に留《とど》めておくため、いろいろと運んできた次第だ。

「啓介さん、農具をいくつか持っていきますね」

「お、椿か。そっちもよろしく頼むよ」

「お任せください。夏希ちゃんともしっかり話したので大丈夫ですよ」

「村長ー、わたしも道具を持ってくねー」

「ああ、夏希もよろしくな」

「おっけおっけー！」

やがて荷運びが終わると、ひとまずは皆で一息。春香から聞いた鑑定結果に想いを巡らせる。

勇者たち戦闘班はもちろん、非戦闘職の人たちも均等にレベルアップ。集団の戦力は大幅に上昇していた。おそらくは杏子さんの提案なのだろう。それぞれに差がつかないよう、バランスよく成長している。

最初に会ったときから、実質的なリーダーは彼女だった。ここまで生きてこられたのも杏子さんあってのこと。できることなら村に勧誘したいところだが……。

「さてっと、どこから見に行こうかな」

やることがなくなった私は、とりあえず勇人のいる場所へ向かう。

「フッ、ハッ！」

「おらぁ！」

「くっ……」

川沿いの開けた場所へ行くと、勇人を相手に剣を振るう春香と秋穂の姿が――。

さすがは勇者というところか。レベルで劣る勇人の剣撃は、２人に全く引けを取らない。むしろ勇人が押しているように見える。剣術スキルに身体強化、それに加えて直感のスキルが発動しているのだろう。相手の動きを予測して、次々と有効打を与えている。

「よぉ冬也、勇人はどうだ？」

「見てのとおりだよ。まるで別次元の強さだ」

「おまえから見てもそうなのか」

「ああ。次はオレとやる予定だけど……。正直、手加減はいらないかもな」

「ほぉ、そこまでか……」

『もちろん、アレは抜きでの話な』

アレとはもちろん、魔剣士スキルのことだろう。口には出さず、念話で話しかけてきた。

『スキル込みならどうだ？　勝つ自信はあるんだろ』

『今なら間違いなく殺れるぞ。勇者のレベルが上がればわからんけど』

『そうか。まあ、今回は上手くやってくれよ』

『わかってる。けど、ある程度は本気でやらせてもらうぞ』

勇人との戦いで何かを掴みたいのだろう。ひたすらに自分を磨き、貪欲《どんよく》に強くなろうとしている。普通は天狗《てんぐ》になりそうなものだが、そんな素振りは一切見せなかった。

「ふぅ。ありがとうございました」

「いやぁ、勇人くん強いねー」

「うん、いい経験になる」

「僕のほうこそ、いい勉強になりますよ」

「ねえねえ、あのときの動きだけどさ――」

どうやら1回戦が終了したらしい。お互いを称《たた》えながら、模擬戦の考察に入っていった。

スキルにある『超回復』の効果なのか、勇人の息は整ったままだ。疲労のカケラも見せず、すぐに冬也との戦闘が始まった。

「冬也くん、僕のほうが格下だ。最初から全力で行かせてもらうよ！」

そう言い放った勇人は、光のオーラを全身に纏って冬也に飛び込んでいく――。

(え、何その光……。めちゃくちゃかっこいいな)

全身に光を纏った勇人は、ものすごい速度で間合いを詰める。私もレベルだけは高いので、なんとか目で追えているが……。まるでバトルアニメでも見ているような感覚だ。

それに相対する冬也は、剣を正眼《せいがん》に構えたまま微動だにしない。勇人の放った連撃を、ものの見事にいなしていく。すかさず勇人があとずさりして、両者が間合いを取りなおした。

「っ、ならこれで！」

勇人が剣を構えると、全身のオーラが刀身に集まる。振るった先から斬撃《ざんげき》が飛んでいく。それも2連撃で交差するように、光の刃が冬也を襲った。だが冬也は動じない。飛来する斬撃に合わせ、自らも剣を振るって相殺した。勇人の攻撃はなおも止まらず、再び斬撃を飛ばしたあと、自らも突っ込んで迫り――。

（おいおい、なんだよこれ……）

両者の動きは、常人のそれを大きく逸脱している。打ち合うたびに火花が散り、一進一退の攻防がひたすらに続く。あまりの凄さに圧倒されて、ただただ、傍観するばかりだった。

「はぁはぁ、はぁ」

「ふー、緊張したぁ」

と、時間にしてものの数分。濃密なバトルもようやく一区切りついたようだ。肩で息をする勇人に対し、冬也はまだまだ余裕があるみたいだ。

「やっぱりすごいよ冬也くん。僕も強くなったつもりだけど、まだまだ足元にも及ばないね」

「オレもこんなに緊迫したのは初めてです。勇人さんの潜在能力、えげつないですよ」

「でもどうせ、とっておきを隠してるんだろ？」

「どうですかね。そこはご想像にお任せします」

大した休みを挟まず、元気に２回戦へと突入。相変わらず激しい動きなのだが、両者はときおり笑みをこぼす。その戦いに、余人が入る隙なんてどこにもない。２人だけの空間が、そのあともしばらく続いていった――。


それぞれが交流を深めていくなか、そろそろお昼どきを迎えていた。いったん拠点へと集まり、みんなで昼食の準備に取り掛かる。米や野菜をふんだんに使い、テーブルには豪勢な食事が並んでいく。やがて全員が席に着くと、賑やかな昼食会が開かれた。

「みんなどう？　だいぶ打ち解けた感じだけど、不手際があれば教えてほしい」

「えー、そんなの全然ないって」

「もうすっかり友達だよねー」

「わたし年下なのに、すごく丁寧《ていねい》に接してくれるんです。いいお姉さんばかりですよ！」

「くぅー、夏希ちゃんいい子すぎっ！」

夏希は女性陣に囲まれて、屈託のない笑顔を振りまいている。それが演技なのかはさておき、職人同士の交流は順調みたいだ。椿の教え方も好評で、農業関連の話に花を咲かせていた。

「おい、勇人ばっかりズルいぞ！　午後は私の番だからな！」

「ごめん立花。ついつい盛り上がっちゃってさ」

そんな一方、模擬戦組の輪の中では、剣聖の立花が勇人に絡んでいた。どうやら彼女のお目当ては冬也のようだ。午前は勇人が独占してたからな。早く戦いたくてウズウズしているのだろう。春香や秋穂ともいい勝負だったし、この分ならかなりの熱戦が見られるだろう。

そんな席の反対側では、桜と杏子さんが顔を寄せ合い……何やらヒソヒソと話していた。

「じゃあ、ゆ……は……して……だね」

「ええ、わた……も……そん……ないわ」

内容まで聞き取れないが、思い悩んでいる感じではないようだ。異世界談議でもしているのかと、席を立って近づいてみる。

「2人とも、何を話してるんだい？」

「うわっ、びっくりしたー」

「あ、啓介さん。どうも……」

「あれ、来ないほうがよかったかな」

「いえいえ、そんなことないですよ。ちょっとしたお悩み相談、みたいな？」

「桜さんが親身になってくれて助かります」

なんの相談なのかは気になるが……なんとなく、問い詰めるべきではない気がした。相談ができるほどには仲が深まったと、ひとまずは前向きに捉えておく。

「ところで杏子さん。私も昼から参加していいかな？」

「もちろんですよ。異世界のことも話したいですし、是非来てください」

「いい線まで掴めたので、期待してくださいね！」

「おお、それは楽しみだ。じゃあまたあとでな」

実際、賢者の魔法には興味があるし、桜の調子も気になっていたところだ。午前の成果を聞きつつ、修行の風景を見せてもらおう。

結局、私が去ったあとも、春香と椿を呼んで何やら話し込んでいた。きっと女性にしかわからない悩みでもあるのだろう。おっさんはそっと見守るに限るので、これ以上かかわるようなことはしない。

そして午後の武者修行を再開。私も魔法について教えてもらったり、模擬戦に無理やり参加させられたりと、四苦八苦しながら半日を過ごしていった。

「じゃあみんな、また1週間後に顔を出すよ」

「はい、みなさんもお元気で。また会いましょう！」

彼らと相談の末、次回からは結界を解除せず、そのまま維持することになった。

交流が深まり、相手の実力も把握した。敵対することはないだろうけど、万が一の対処は万全。十二分な成果を残して帰路についた。

村に帰って早々、みんなは教会へと直行する。やはり修行の成果が気になって仕方ないみたいだ。そんなに容易《たやす》くはないだろうけど、確認したくなる気持ちはよくわかる。

秋穂、春香、椿と、順番に祈りを捧げていくと——。最後、桜の番になったとき、彼女の体がビクッと震えた。振り返った桜は感極まった表情を露《あら》わに。笑顔で涙をこぼしながら、大はしゃぎする。

桜Lv46　村人：忠誠99　職業：魔導士〈NEW〉
スキル　水魔法Lv４　念じることでMPを消費して威力の高い攻撃をする。飲用可能。形状操作可能。温度調整可能。
スキル　氷魔法Lv１〈NEW〉　念じることでMPを消費して氷を出すことができる。
スキル　火魔法Lv１〈NEW〉　念じることでMPを消費して火を出すことができる。

「桜、おめでとう」
「っ、ありがとう啓介さん！」
「こんなに早く成果が出るとは……。日頃の積み重ねが効いたんだろうな」
「途中で腐らなくてよかったぁ。めっちゃ嬉しいです！」

喜びを全身で表現する桜。彼女には『魔導士』の職業と、『氷魔法』『火魔法』の2つのスキルが発現した。さっきチラッと試したところ、水を氷に変換できたし、お湯を沸騰させて気化することにも成功している。

「それにしてもさ。火魔法はどうして発現したんだ？　水とは全く逆の属性だろ」

「あ、えっとですね……。絶対に怒らないで聞いてくださいよ」

「ん？　まあわかった。とにかく教えてくれ」

「杏子さんに火魔法を使ってもらったんです。たぶんそれが要因かと……」

「なるほど火魔法か。でもなんでだ？　別に怒ることじゃないだろ」

発動のコツでも教えてもらったのだろう。実際に目にすることで、熟練度が上がったとしてもおかしくない。それの何を怒ると言うのか、理解できないでいると――。

「全身に浴びてみたんですよ。私に向かって何度も使ってもらって。一応、水の膜を張ってたけど、ほぼ全身火だるま的な？」

「っ、おいおい！　体は大丈夫なのか？」

「火力は抑えてもらいましたし、葉月さんが『聖なる祈り』を発動させてくれました。痛みや外傷はありません」

「にしたって……いや、なんでもない。怪我がないならいいんだ」

「ありがとう啓介さん、わかってくれて嬉しい」

過程はどうあれ、こうして上級職に昇格できたし、忠誠度も上限にまで達している。相当な無茶をしたようだが、本人の決意を否定する気はなかった。

「桜には世話になりっぱなしだからな。おまえが報われて嬉しいよ」

「はい。これからも頼りにしてくださいね」

「ああ、もちろんだとも。今後の活躍に期待してるよ」

その日の夕方、さっそく新魔法のお披露目会が行われた。

村人からは畏怖と尊敬の念を集め、賢者さながらに崇《あが》められる。子どもたちも興味津々、桜の周りをとり囲んで、魔法に魅入られていた。

今回は桜だけが昇格したけれど、他のみんなも自分のことのように喜んでいる。そして次こそは自分の番だと決意を新たにした。

（みんなも早く報われてほしいけど……。桜のような無茶修行は勘弁願いたい）

18章　獣人領の議長

異世界生活165日目

本日、連合議会が村を訪れる。少し前にメリナードから念話が入り、村の近くまで来ていると報告があった。こういうとき、通信手段があると本当に助かる。

今回の訪問者は、議長の他に側近が2名。他の議員は1人もおらず、日本人の姿もない。護衛の数は10名。そのうちの3名は、ケーモスの街でも有名な冒険者だと教えてくれた。なんでもBランクに該当するそうで、複数のオークを余裕で狩れるらしい。レベルこそ不明だが、剣士2人と魔法使いの構成だった。

『おっ、馬車が見えてきた。獣人トップのお出ましだぞ』

『みんな、鑑定したらすぐに伝えるからね』

『『了解（です）！』』

向こうにも鑑定士がいるかもしれない。まずは私と春香だけで対応。他の連中はいつでも飛び出せるよう、近くに隠れて待機中だ。

それから間もなく、ちょっと豪華な馬車が2台、村の結界ぎわまでたどり着く。その周囲には冒険者たちの姿がチラホラと。

「お初にお目にかかります。ナナシ村の村長、啓介と申します。本日は遠いところをご足労《そくろう》いただき感謝します」

「儂は議長のドラゴじゃ。そう堅苦しくせんでもよい。議会を治める立場だが、国王というわけではないからの」

威厳を身にまとった御仁は、見た感じ50代半ばくらいか。「歴戦の猛者《もさ》」という言葉がよく似合う顔つきだ。名前の語感から察するに、いかにも竜人族っぽい感じ。背中には竜の翼みたいなものが生えている。

「何ぶん常識知らずな身の上。不敬がないよう努めますが、ご容赦願います」

「構わん構わん。今日という日を楽しみにしておった。啓介殿、よろしく頼む」

「では失礼を承知でお聞きしますが、ドラゴ様は竜人、なのでしょうか」

「ほお。やはり日本人は察しがいいようじゃ。いかにも儂は竜人。といっても、竜の血はかなり薄まっておるがの」

やはり竜人で間違いないようだ。血が薄いってことは、竜と人との混血ということだろうか。

「お答えいただきありがとうございます。それで、竜人の禁忌《きんき》に触れるような行為はありますか？　あるのならば先にお教えください」

「いや、そんなものはない。お主《ぬし》らと変わらんはずじゃ」

「わかりました。ではひとまず、そこに見えます長屋にてお寛《くつろ》ぎください」

「ん、そうしよう。じゃがその前に、儂の忠誠度を見てはくれんかの」

まずは一息ついてもらい、その間に鑑定させようと思ったんだが……。この御仁は忠誠の数値が気になるらしい。到着して早々、そんなことを聞いてきた。

『春香、予定変更だ。この場で全員を鑑定してくれ』

『かしこまりー』

春香が鑑定をしている間、私も無駄話を挟みつつ、時間を引き延ばしていく——。

「忠誠、ということは村人になると？」

「メリナードから話は聞いておる。儂もなんとか村に入りたい」

「なるほど、そうだったのですね」

「村長、村のことは伝えさせていただきました。是非お試しを」

「わかった。ではドラゴ殿、少々お待ちください」

メリナード曰く、村や私のことを延々と聞かれたらしい。重要なことは濁してあり、今日の視察には支障ないとも言っていた。

『春香、鑑定は進んだか？』

『うん、冒険者の平均レベルは30。その中で３人だけ、40前後のやつがいるよ。男２人が剣術Lv３、女のほうは火魔法Lv３だよ』

『なるほど、他に目立ったスキル持ちは？』

『あー、議長さんはマジでヤバいね。体術Lv４に飛行Lv３、レベルは50もあるよ』

『50？　おいおい、このおっさんが最強かよ』

『それと一つ、看破できない能力があってさ。たぶんスキルではないと思うけど……ごめん、詳細はわかんないや』

『わかった。とりあえず、議長と３人の冒険者に注意だな。みんなもそのつもりで頼む』

ざっくりとは確認したが、あまり待たせすぎると怪しまれる。ひとまず居住の許可を出して様子を見ることに。

『ちょっと。この人、忠誠度が60もあるんだけど』

『マジ？　60って、このまま村人になれちゃうぞ……』

やけに友好的だなと感じていたが、さすがに50を超えているとは思わなかった。まあ高い分には問題ないけど……。予想外の展開に困惑しつつ、村に入れることを伝える。と、議長は何の気なしに一歩を踏み出した。

「っ、お待ちくださ い議長！」

「何が起こるかわかりません！　そばを離れては危険です！」

するとスキル持ちの冒険者が慌てて制止。身を乗り出して行く手を阻む。

「安心せい。儂で対処できぬようならどうにもならんわ」

「……ですが議長」

「その心意気には感謝しておる。まあ心配せず見ておるがよい」

これでは護衛の面子は丸つぶれ……かと思ったけれど、どうやらそうでもないようだ。みんなドラゴを崇拝しているのか、ちょっと褒められただけで大喜び。感極まった様子で議長を見つめていた。

「――すまん村長、気を悪くせんでくれ。こやつらも務めだからの」

「ええ、承知しております」

「では改めて、と……」

村に入れることは忠誠度からも明白だが、こちらが鑑定していることを悟られたくない。私はそれとなく驚き、相手の反応を伺ってみる。

「まさか入れるとは……。失礼、驚きのあまり迂闊なことを」

「よいよい。で、儂も村人になれたわけじゃな？」

「はい。ようこそナナシ村へ。議長の訪問を歓迎いたします」

「うむ！　今日は楽しい日になりそうじゃの！　クックックッ！」

しかしこの人、お供の面々はどうするつもりなのか。そう思っていると、ドラゴが護衛や側近に声をかける。

「お主らは長屋で待機しておれ。これは議長命令じゃ。くれぐれも非礼のないように」

「「はっ！　畏《かしこ》まりました！」」

さすがは議会の最高責任者だ。護衛たちは踵《きびき》を返して、長屋へと向かっていった。

「では村の案内を頼む。むろんメリナードも一緒にな」

「はい、ご同行いたします」

こうなってしまった以上、忠誠度を上げる方向にシフトしよう。議会の最高責任者ともなれば、味方につけておいて損はない。利用するにしてもされるにしても、忠誠度は高ければ高いほどいい。

『みんな聞いてくれ。どういうわけか、獣人領のトップが村人になった』

『へ？　トップって議長さんですよね？』

『マジかよ……』

『これはなかなか面白い展開かも』

『だから予定を変更して、ある程度のことは明かすつもりだ』

議長が村人になれた以上、隠れて待機させる意味はなくなった。村に日本人がいることを明かし、普段どおりの生活をしてもらうことに――。

『なあ村長。普段どおりって、何すりゃいいんだ？』

『そうだな……。ひとまず水路を下流までつなげようか』

『あー、そういや途中だったもんな』

『当面、派生職や上級スキルは隠してほしい。あとはみんなの判断に任せるよ』

『わかった。村長も上手くやれよな』

『ああ、せいぜい頑張ってみるさ』

日本人メンバーには、護衛たちの鑑定結果を聞いておくように念を押す。

議長の相手は私とメリナード、それに加えて椿をサポート役にした。彼女は気配り上手だし頭もいい。こういう大事な場面においてはこれ以上ない配役だろう。

「それでは議長。昼まで時間がありますので、ゆっくりご案内しますね」

「うむ。村長の思うようにしてくれ」

「ではさっそく農地のほうから――」

こうして思わぬ展開を迎えつつも、ひとまずは村を案内することになった。

どうしてこうなったのか。一時的とはいえ、獣人の代表がナナシ村の一員となってしまった。なんでも村に着くまでの道中、メリナードが村や私のことについて熱く熱く語っていたんだと。最初は議長のほうが興味津々、いろいろ聞いていたそうなんだが……。途中からは立場が逆転、メリナードの独壇場《どくだんじょう》だったらしい。村に到着する頃には『夢のような村と人格者の村長』って感じに刷り込まれる。結果的には助かったし、何も文句はないのだけれど、なぜだか申し訳ない気分でいっぱいだった。

「初めまして。私は村長の補佐を務めております、椿と申します」

「おお、これは可憐《かれん》な娘さんだ。椿嬢のことはメリナードからも聞いておるぞ。よろしく頼む」

「はい、精一杯おもてなしさせていただきます」

まずは農地に向かいながら椿と合流、今は2人が挨拶を交わしているところだった。

「して椿殿、村長とは添い遂げて長いのか？」

「そうですね。将来的にはそうなりたいと思っています」

「ほぉ、なるほどそういうことか。いやはや、先が楽しみよの村長」

「ははは。おっしゃるとおりですね」

椿さん、なかなかキツい先制パンチをかますじゃないですか。それも国のトップを相手に……。でもまあ、おっさんはとても嬉しい気分です。

「この農地は全て彼女が管理しております。椿、頼む」

「はい。では現在の収穫量から――」

村で育てている作物、その収穫量なんかをざっくりと説明してもらう。もうこれについては隠す必要がないし、バレたところで大した影響はないだろう。

収穫量を聞いた議長は唖然《あぜん》としている。自国との差に驚き、すぐにその理由を聞いてきた。

「村スキルの恩恵で、作物が病気や連作障害にかからないんですよ。いくら育てようが、土の栄養が枯れることはありません」

「なるほど、やはりスキルの影響か。大森林特有のものではないんじゃな」

「そうですね。議会でも開拓計画が出ていたと聞いておりますが……」

「いや、お主の領域を侵すつもりはない。あくまで確認したまでのこと」

わざわざ『お主の領域』と言うくらいだ。ある程度の自治権を認めている証拠だろう。村への侵攻はもとより、大森林への進出についても、当面はないと見ていい。

「では、次の場所に向かいましょうか」

「うむ。まだまだ何かありそうじゃな。楽しみじゃわい！」

「ご期待に添えればよいのですが。それでは――」

農地を見せたあとは、水車小屋や万能倉庫、鍛冶場や食堂なんかを紹介していく。

どの場所もかなり興味を魅いたようで、訪れた場所にいる村人とも楽しそうに話していた。

事前に聞いていたとおり、議長の人柄は温厚、されど威厳を持ち合わせた人物のようだ。

「あとは、北の大山脈で小規模な採掘をしています。赴くには時間が足りないので、今回は省略させていただきますね」

「ああ、構わんぞ。儂も根掘り葉掘り詮索に来たわけではない」

「そう言ってもらえると助かります」

「ところで村長、あの建物はなんじゃろうか」

議長が視線を向けているのは村の大浴場だ。風呂上がりの獣人を見て、「なぜ髪が濡《ぬ》れているのか」と、興味を持ったらしい。よろしければと入浴に誘うと、議長は二つ返事で了承する。

「もう少しで昼食となりますので、その前に入られてはいかがですか？」

「そうじゃの。では村長、参ろうか」

どうやら2人きりの対談をご所望のようだ。さりげなくメリナードを見たあと、議長はニヤリと笑う。私も桜に念話を送って、湯の温度調整を依頼。椿に昼食の準備を任せ、議長と2人で浴場に向かった。

「啓介さん、湯加減はこれくらいでいいかな？」

「ああ、ちょうどいいよ。ありがとう桜」

「桜嬢、実に見事な腕前であった。もてなし感謝するぞ」

「いえいえ、ではごゆっくり」

自己紹介のあと、桜が湯加減を調整……というか、わざわざお湯を張り替えてくれた。その魔法技術を目にして、議長はウンウンと唸って感心する。

「あのお嬢さんも嫁候補かの。実に羨ましいことじゃ」

「彼女とはそういう関係ではありませんよ。さあ、湯が冷めないうちに入りましょう」

「ふむ、そういうことにしておくか」

竜人にも風呂の文化が根付いているらしい。大きな湯舟に浸《つ》かりながら、ドラゴは緩んだ表情で寛ぎ始める。聞こえてくるのは互いの息遣いだけ。しばしの静寂が浴場を包み込む。

「のお村長。お主はこの世界に来て何を成す？」

「と言いますと？」

「生きる目的だとか、それこそ野望みたいなものがあるじゃろ」

やがて沈黙を破り、ドラゴがおもむろに口を開いた。横目に見える彼は、相変わらずリラックスしたままだ。

「野望なんて大それたものはありません。生きる目的については……そうですね。この世界を堪能して余生を送る、その程度でしょうか」

「ほお、余生ときたか。まだ若いのに爺くさいのぉ」

「もう40ですからね。元気に動けるのもせいぜい20年でしょう。元の地に戻れるかも不明。となれば、そう思うのも不思議じゃないでしょ？」

これは正直な気持ちだった。野望など持ち合わせておらず、さしたる目的もない。ただただ、日々を楽しく過ごせればと、心からそう思っている。

「これほどの能力を持っておるのに、惜しいとは思わんのか」

「例えば国を興すとか、……他の領地を侵略するとか？」

「そうじゃの。実際それだけの力は有しておろう」

侵略なんて面倒なこと、お願いされたとしても勘弁だ。向かってくる敵は容赦しないが、わざわざ敵を作る趣味はない。

「一介の人間に統治なんてできませんよ。領地を奪ったところで先は見えています」

「ほお、どうやら本心のようじゃの」

「そもそも私たちは、この世界に来た邪魔者ですから。村の存在を許されるだけで御の字です」

「なんと言うか、お主はアレじゃな。街にいる連中とはかなり違うの」

そのあとドラゴが語った内容を要約すると――。

首都や街にいる他の日本人は、もっと親近感をもって接してきたらしい。ものすごくオブラートに包んでいたが、ぶっちゃければ、「馴れ馴れしい礼儀知らず」ってことだ。よくある話で、いつの間にか一国の王様と友達になっちゃうやつ。アレと似たような感じだろうか。まあ、どう接するかは人それぞれ。各々好きにすればいいけど。

「相手は一国を収める長、こちらは余所者《よそもの》の平民。立場の差は歴然ですよ」

「なるほど、それがお主の考えか。ようわかった」

「どうでしょう。お気に召す回答でしたか？」

「うむ、良き隣人となれるであろう。メリナードからも散々聞かされたしの」

「ありがとうございます」

村人になれた時点で大丈夫だろうとは思っていたが、直接の言葉を聞けてほっとする。議会のことはさておき、議長個人とはうまくやれるだろう。

「さて、そろそろ出ましょうか。昼食の準備もできている頃かと」

「いい風呂だった。また入りに来たいものよ」

「村人である限りはご存分に。いつでも歓迎いたします」

風呂を堪能したあと、桜たち日本人メンバーと合流。議長に紹介してから自宅へと向かった。不敬な態度をとるとは思わないが、椿とメリナード以外は食堂で食べさせることに。さすがに国のトップが相手では、緊張で食事どころではないだろう。

結界の外にいる人たちにも、これでもかと言わんばかりに芋料理をもてなしている。効果は抜群のようで、護衛の任務を忘れて飛びついているらしい。

「この村に住む日本人は、誰もが良い表情をしておるな」

「ええ、みんな頼れる存在ですよ」

「確か冬也と言ったか。あの若者は相当の手練《てだ》れであろう？」

「そうですね。彼には戦士長を任せています」

鑑定のスキルはないはずだが、冬也の強さに感づいているようだ。リビングで食事をしながら、そのあとも他愛《たわい》のない雑談が続いていく。

「はてさて、昼からは何を見せてくれるんじゃ？」

「ほとんどお見せしたと思いますが……。あっ、教会がまだでしたか」

「ククッ。何を抜け抜けと。お主、わざと避けていたじゃろ？」

「いえ……。いや、おっしゃるとおりです。打ち明けるか迷っておりました」

「なるほど、議会には報告するなということか」

「はい。村人になられたとはいえ、これだけは譲れませんので」

「あいわかった。崇拝する我らが女神に誓おう」

もし教会のことが公になれば、ちょっかいを出してくる連中が必ず現れる。それだけならまだしも、村を強奪しようと、戦争まがいの事態に発展しかねない。ギリギリまで迷った末、議長の言葉を信じることに。職業やスキルを授かれること。それに次いで、大地神の加護を説明していく。

「おいっ、今なんと申した！」

「ですから、大地の女神の恩恵が――」

すると目の前の御仁は血相を変えて立ち上がる。テーブルから身を乗り出すと、顔が引っ付きそうなほどに急接近。いくら忠誠度があるといっても、鬼気迫る表情に恐怖を覚えた。

「なぜその存在を知っとるんじゃ。大地の女神は我らが崇める神ぞ。大山脈に住まう竜。そして我ら竜人族しか知らぬはず……」

「この土地に感謝を捧げたとき、『女神信仰』という特性を授かりました」

「その女神が大地神様じゃと？」

「はい。ステータスにもハッキリと表示されています。間違いありません」

ドラゴの態度にも驚いたが、まさか大山脈に竜が住んでいるとは……。

大地の女神の存在は、竜と竜人のみが知っているらしい。秘匿されているのかは不明だけど、尊い存在なのは間違いなさそうだ。

「そうか。そういうことじゃったか……」

「あの、何かまずいことでも？」

「この村に踏み行ったとき、儂の竜気が高まったんじゃ。その理由がわかって納得しておる」

竜気というのは魔素に近いものらしい。呼び方こそ違うが、本質的には同じものだと言っている。それを強く感じたのは、大地神の加護が要因とのことだった。

「こうしてはおれん。村長、今すぐ女神さまの元へ行かせてくれんか。頼む」

「それは構いませんけど、あとで詳しく教えてくださいね」

「むろんじゃ。では共に参ろう！」

現地に到着したドラゴは、さっそく教会の前で平伏。長い祈りを捧げたのち、深く一礼してから入室する。

「神聖なる竜気に触れ、このドラゴ感激の至り。拝謁が遅れましたこと、なにとぞご容赦を」

ドラゴは感謝と謝罪を述べ、女神像の前で五体投地《ごたいとうち》を繰り返す。これが竜人族の儀礼なのか、なかなか終わる気配を見せない。まあ、大地神というのはそれほどまでに尊い存在なのだろう。

ドラゴの熱心な祈りのせいで、沈黙する女神像がやけに神々《こうごう》しく見えた。

「村長、感謝する。無事に女神さまのお告げを賜《たまわ》った」

「え？　お告げって……。もしかして女神さまと交信できるのですか？」

「いやすまぬ。言い方が悪かった。儂の頭の中に、女神さまのお声が聞こえてきてな……。『竜闘士』という職業を授けてくれるそうじゃ」

「おお、それはおめでとうございます」

「じゃが村人になったばかりの儂が、女神の恩恵を受けていいものかと……」

女神への挨拶が遅れたことで後ろめたい気持ちがあるのだろう。どうすべきか迷い、恩恵を受けることを躊躇している。

「別によいではないですか。女神さまからのお言葉となれば、それを受けねば不敬というもの。ありがたくいただきましょうよ」

「……そうじゃな。村長が言うのだ。そのほうがよいのかもしれん」

私に促されたドラゴは恩恵を賜り、再び女神像に向かい祈りを捧げていた。ぶっちゃけた話、私はどっちでもよかったんだが……一応、この人も村人だ。強くなる分には構わないだろう。

それからややあって、今は自宅の居間に陣取り、ドラゴのステータスを確認中。周りにある日本製品にも驚いていたが、今はそれどころではない。

「村長、これに触れればいいのか？」

「ええ。日本語なので読めないと思いますが、確認させてください」

「うむ、では……」

ドラグニアスLv50　村人：忠誠75　職業：竜闘士〈NEW〉
スキル　竜闘術Lv1　『竜の力』竜気を纏い全身を強化する。『竜の血』自然治癒力を促進させる。『竜の翼』翼による飛行が可能となる。『竜の咆哮《ほうこう》』竜気を放出して攻撃する。※スキルレベル上昇により各効果が向上。大地神の加護：竜気の吸収速度が大幅に向上する。

モニターに映し出されたステータスは、「これぞまさしく最強戦士」という能力が満載。以前の格闘術スキルから派生職を授かったということだろう。ここまでの交流と、女神の存在が効いたのか、忠誠度も75まで上昇。春香が鑑定できなかった項目は、『大地神の加護』だと判明した。結界と同じ名称なだけあって、その効果は相当なものだと思われる。

「本名はドラグニアスというのですね」

「なっ、そんなことまでわかるのか。それは儂の真名《まな》じゃ。番《つがい》となる相手にしか明かさぬのでな。このままドラゴと呼んでくれぬか」

「なるほど、それは失礼しました」

彼の口ぶりから察するに、真名を知られると不都合があるのだろう。理由は気になるものの、ひとまずはスルーしておくことに。

「しかし、この儂が竜闘術を授かるとは……」

ドラゴ曰く、過去にこのスキルを身に着けた者はただ1人。竜と人の子から生まれた始祖だけとのこと。竜人族の英雄として、長らく語り継がれているらしい。うそか真《まこと》か、大地の女神とも交流があったとかなかったとか。

「ドラゴ殿も話せるといいですね」

「恐れ多いことだが、そうであれば至上の幸福。末代までの宝となるじゃろうて」

教会の一件が終わり、他に見るところもないので自宅へと戻る。

その後は竜人のことや首都ビストリアの様子、人族領の動向などを聞いていった。

竜人の住みかは大山脈の頂上に存在する。滅多なことがない限り、山から降りてくることはないそうだ。『竜の里』と呼ばれる場所で竜とともに暮らしている。

ただ大昔から続く風習で、竜人族が議長を務めているらしい。今から50年前、先代に替わる立場として、ドラゴ夫婦が首都へと降り立つ。やがて2人の子どもが生まれ、家族4人で暮らし始めた。現在、獣人領にいる竜人は、ドラゴとその妻、息子と娘の4人だけとなる。

「竜人族が議長を務めるのは、何か誓約みたいなものでも？」

「いや、そんなものはないぞ。さっきも言ったが、昔からの風習じゃな」

「ならばどうして？　他の種族が務めてもよさそうなものですが……」

「我ら竜人は、子どもを含めても４人だけじゃ。個の力は強くとも、種としての戦力は知れておるでの。中立の立場とはよく言ったものだが、要は体《てい》の良い神輿《みこし》じゃな」

「なるほど、厳格な掟《おきて》というわけではないのですね」

また首都では、日本人奴隷をダンジョンに送り込み、レベルアップを図っている。日本人奴隷の平均レベルは24。高い者は40に手が届く寸前、低い者でも20は超えているそうだ。うちの主力部隊のほうが、若干なりとも先行している感じか。

首都や各街の日本人冒険者は、レベルが20前後で停滞している者と、40を超えてダンジョン攻略に励む者とに二極化している。大多数を占める前者はオーク討伐が成せず、浅い階層で日銭を稼ぎながら、のんびりと過ごす日々。そして数少ない後者は、ダンジョンの奥深くへの挑戦を続けている。

なお、攻略組のほとんどが、ファンタジーの知識に富んでいるそうだ。自らのスキルを最大限生かし、異世界生活を満喫しているらしい。

「ちなみにSランクの冒険者って、何人くらいいるのでしょうか」

「獣人領にいるSランクは8人じゃな。平均レベルは65といったところか」

「65……。失礼を承知で言いますが、ドラゴ様よりも強いと？」

「どうじゃろうな。まあ、竜闘術を授かった今なら負ける気はせんよ」

どうやらドラゴ級の怪物が8人もいるらしい。そう考えると、うちの攻略組はBランク上位ってところか。この分だと、まだまだレベルを上げる必要がありそうだ。

そして最後に、人族領の動向についてなんだが……結論から言うと、停滞状況が続いている。人族側でも慢性的な食糧難が続いており、長期的な戦争を起こす余裕はないらしい。ただ、転移した日本人の数は明らかに多い。正確な人数は把握していないが、おおよそ獣人領の5倍程度だと判明。人族の王は、勇者や聖女を旗頭にして、戦力の増強に励んでいる。食糧事情が改善すれば、こちらへ攻め込んでくる可能性も、とドラゴは語気を強めて語った。

「もし戦争が起きても、食糧支援というカタチで後押しするつもりです」

「そうか。連合議会としても、村との交流を続けていきたい」

「わかりました。こちらへの干渉がない限り、継続した取引をお約束します」

今回の視察を踏まえ、村の価値は十二分に理解したらしい。「悪いようにはせぬ」と、議長のお墨付きをいただく。取引量や価格については、すべて村の方針を優先するとのこと。

「村長、今日は世話になった。素晴らしい1日じゃったわ」

「私のほうこそ、村のことを知っていただき感謝しております。議会での報告の件、よしなにお願い申し上げます」

「わかっておる。では、また会える日を楽しみにしておるぞ」

「はい、お気をつけて」

こうして、議長たち視察団は夕暮れ前に帰っていく。個人的な土産として、馬車には大量の芋を積ませている。護衛たちは大層喜び、気合を入れて警護に当たっていた。

今回は思わぬ展開もあったけれど、議会との交流は成功したと考えていいだろう。ドラゴの機嫌は上々。「この分なら平穏に過ごせるな」と、このときの私は疑いもしなかった――。

異世界生活166日目

議長の視察から一夜明け、村には平穏のときが訪れていた。村人たちの緊張も解け、いつもと変わらない日常が始まる。ちなみにメリー商会の一行は、議長たちに随行して街へと戻っている。商業ギルドへの申し送り等々、事が済み次第、メリナードから念話が入る予定だ。

そんな今日は村の全休日。村人総出で水路の開通式を行っている。今まさに、放流を開始するところだった。

『村長、そっちの準備はいいか？』

『おう、いつでも大丈夫だぞ。景気よくやってくれ』

水路の上流で待機中の冬也。彼の合図とともに放流が始まった。村の中心部では、大人から子どもまで様々な種族が集まっている。みんなが水路を眺めつつ、その瞬間を待ちわびた。

「みんな、もうすぐ流れてくるぞ！」

「おおっ！」

「っ、来た来たー！」

と、すぐに勢いよく水が流れ込んできた。土魔法でガチガチに固めてあるので、水路が削られることはない。澄んだ川の水がとめどなく押し寄せてくる。

「そんちょー、はいってもいい？」

「わたしもはいりたーい」

「ぼくもー」

「いいぞ。流されないようにな」

「わたしも入っちゃおー！」

「じゃああたしも！　えいっ！」

喜び勇んで川に入っていく子どもたち。それに交じって、夏希と春香が飛び込んでいく。さらには他の獣人たちが、釣られるようにゾロゾロと続いた──。

小さな子どもが入っても、せいぜい腰まで浸かるくらいか。さすがに母親が支えているけど、流れはそこまで速くないし、まあ問題ないだろう。それに村の要所には、流され防止用の鉄格子が設置してある。下流へと流されたり、海まで行っちゃうような事態にはならんはずだ。

「おおー、いい感じじゃん！」

「おっ、冬也お疲れ。そっちは問題なかったか？」

「ああ、どこも異常なしだ。丸太橋もバッチリ機能してたぞ」

それから間もなく、下流を見ていたラドが戻ってくる。水路の水は川へと合流して、問題なく流れたことを確認。村の水路工事は無事に竣工《しゅんこう》を迎えた。

「みんな、今日は1日お休みだ。作業をするなとは言わんけど、今日くらいはほどほどにな」

「はーい！」

「わかりました！」

「村長のご厚意で、今日はお酒も解禁よー！　飲みたい人は食堂までいらっしゃい！」

「「うおおおおっ！」」

「「よっしゃああ！」」

村の料理長ルルの宣言に、野太い声が村中に響く。

水路で無邪気に遊ぶ子どもたち。それを見守る獣人の夫婦。村中で完成を祝いながら、みんながら和やかなひと時を満喫する。まあごく一部、ハメを外しすぎる者もいたが……。今日だけは無礼講、誰のお咎《とが》めもナシだ。

「あー、気持ちよかったー。啓介さんも入ればよかったのに」

「いや、俺はいいよ。一応、村長としての威厳があるし……」

「あれ、もしかして泳げない人？」

普段は酒を飲まない私だったが、今日ばかりは酒盛りに参加中。今は春香と桜、椿の３人と卓を囲んで、一緒にお酒を楽しんでいる。

「泳げないわけじゃないけど、小さい頃にちょっとな」

「何々ー？　教えてよー」

「小学生の頃、田舎の川で溺れかけてさ。それ以来、川に入ると足がすくんじゃって……」

「あ、そういえば水浴びのとき、啓介さんだけは川に入ってませんでしたね」

「確かに。アレは一緒に入るのが恥ずかしいんじゃなくて、川に入るのが怖かったんですね」

「正直、ビビりまくってたよ。２人の裸を見るどころではなかったな」

酔いが回っているせいか、ポロッと本音が漏れてしまう。

「何々？　そんな入浴イベントがあったの？」

「っ、あったけど！　俺は何も見てないぞ」

「クンクン。これはいかがわしい匂いがしますぞっ」

「おい春香、飲み過ぎじゃないのか？　あんまり絡んでくるなよ」

過去のトラウマを披露したまではいい。が、余計なことまで口走ってしまい、春香が執拗に問いただしてくる。完全に出来上がっているようで、話があらぬ方向へと発展していく。

「そもそもの話さ。こんないい女が３人もいるのに、いまだに手を出さないっておかしくない？」

「それはそう！　話し合いから結構経つけど、まだ誰からも報告なし！」

「おい、それは追い追いって話しだったろ……」

「もしかしてそういうのに奥手とか。椿ちゃんはどう思う？」

(お、助かった。椿なら上手にかわしてくれそうだ)

「そうですね。思わせぶりな態度だけして、何もしてこないのなら、とんだ腑《ふ》抜《ぬ》け野郎ですね」

「え、椿？　……え？」

「誠実なのは結構ですけど、あまりに度が過ぎると胡散《うさん》臭いかも」

「椿さん、きっついこと言いますねー！」

「いいねぇ！　もっとやれやれー」

どうやら椿と桜もかなり仕上がっているようだ。普段の椿からは想像もできないような、辛辣《しんらつ》な言葉を耳にしてしまった。

「俺はもう40のおっさんだ。所構わずガッつくようなお年頃じゃないわけ」

「あー、知ってました？　それを人は言い訳と言うんですよ」

「…………」

私がしょんぼりしていると、見るに見かねたのか、桜が助け舟を出す。

「年齢の話が出たから言うけどさ。啓介さんて、最初に会ったときより若く見えますよね？」

「お、そうか？　自分じゃよくわからんけどな」

「健康的な生活が要因でしょうね。あとは魔素の影響とか『豊穣の大地』の効果かも？」

「なるほど確かに。そういうみんなは変化を感じてるのか？」

「んー、肌の張りがいいとか？」

「ここ最近、髪のツヤが戻ったかも？」

「私も同じですね」

「そうか。やっぱり何かしらの好影響を受けてるんだろうな」

上手く話題が逸れ、ほっとしているところに――。

「ねえ。そこは綺麗になったねって言うもんでしょ。配慮が足りないんじゃない？」

「いや待て。そのセリフこそ思わせぶりだろ」

「チッ、バレたか」

これ以上ここにいると、どんな地雷を踏むかわからない。頃合いを見て、他のシマにいる男性陣のほうへと立ち去る。結局その日は、夕方になるまでドンちゃん騒ぎ。日が暮れるまで宴会が続いた。

それはそうと、議長来訪の後日談なのだが——。今日の昼頃、メリナードから念話をもらっている。彼の話によると、議長一行は早々に首都へと向かったらしい。

しかもドラゴは、自分だけ先に飛び去ってしまった。「家族に大事な話をしなければ」と言い放ち、アッという間にいなくなったそうだ。当然、側近や護衛たちは大慌て。全力疾走で追いかけていった。

それと昨日、ドラゴが帰ったあとに気づいたんだが……。

北の大山脈に住まう竜の存在について、鉱山を掘り進めても大丈夫かと聞いてもらったんだ。そしたらドラゴは、「その程度のこと、偉大なる竜は気にも留めぬ」と即答していたよ。どこを掘ろうがお咎めなし。竜の逆鱗《げきりん》に触れる、なんて行為には該当しないらしい。

人族領の情勢はもとより、北の勇者たちの動向ももちろん気になる。けれど、まだしばらくは放っておいてもいいだろう。今はしかるべきときに備え、村の発展に力を注いでいこう。

〈獣人族領　首都ビストリア〉　中央連合議会　議事堂にて

ドラゴが村を訪問して2日後――。

「では、定例会議を始めようか」

会議室には、竜人を除く11の種族が顔を揃えていた。

週に1度の定例報告会。獣人族の代表が集まり、各種族の現状を話し合うことになっている。

議長は視察のため欠席。今日は虎人族の族長が取り仕切るはずだったのだが――。

ガチャリ。

「っ！　議長、どうしてこちらに……」

「お帰りになるのは明後日の予定では？」

「ん、少し急ぎの要件があったのでな。儂だけ飛んで帰ってきたんじゃ」

「なんと……。護衛の者たちは何をしておるのだ！」

「構わん。儂が勝手にやったことじゃ」

「ですが議長……」

本来なら現れるはずのない儂の登場に、ここにいるほとんどの者が驚き戸惑っている。

「まあいいじゃないの。全員揃ったんだし、早く始めましょ」

そんな中、魚人族の長であるマリアだけは、普段どおりの態度を崩さない。

「そ、そうですな……。では報告を始める前に、ご紹介したい人物がおります」

「んん？　儂は何も聞いておらんぞ」

「アタシも初耳よ。いったい誰なのかしら」

どうやら、知らされておらんのは儂とマリアだけのようだ。他の議員どもは、さも当然という様子で涼しい顔をしておる。

それから幾分もしないうち、会議室の扉が開かれると――。

部屋に入ってきたのは、日本商会の商会長だった。拠点を首都に移したのは、今からひと月くらい前だったか。これまでにも何度か対話したことはあるが……。

「失礼します。本日はお招きいただきっ？　議長、どうしてこちらに……」

「それを聞きたいのは儂のほうじゃ。隆之介殿こそどうしてここに？」

「あっ。いや、実はですね……」

そう言い淀《よど》みながら、他の議員たちに助け舟を求めておるようだ。

「おっと、これは失礼を。本日、隆之介殿に来ていただいたのは我々の総意です。彼は獣人領に多大な貢献をしておられる身。連合議員の一員に迎え入れようとお呼びしたのですよ」

あまりに突飛な内容に、さすがの儂も思考が追いつかない。隣にいるマリアも呆気にとられている。『我々の総意』とぬかしておったが……。そんな話、今まで一度たりとも聞いた覚えがない。事前に何度も議論を重ね、満場一致で承認となれば話はわかる。だが、いきなり張本人を同席させるなど、天地がひっくり返ってもあり得ん。

（まあ、ここで騒いでも話が進まん。まずは探りを入れてみるか）

そう思案した儂は、マリアに目配せをしてから言葉を発する。

「ふむ。日本商会の貢献度を鑑みれば、我らの一員となる資格はあろうな」

「おおっ！　議長もそうお考えでしたか！」

「議長の賛同があれば、もはや何も問題あるまい」

「しかりしかり！」

「さあ隆之介殿、そちらの席へお掛けを」

いつの間に用意したのか、一つ増えている議員席に誘導され、隆之介が着席する。

（やはりおかしい。マリア以外、全員、諸手《もろて》を挙げて賛成するなど……。こやつら、この男に何かされておるな）

「議長、それにご同席のみなさま。このたびは議会の末席に加えていただき、誠にありがとうございます。この隆之介、誠心誠意、獣人領のために邁進《まいしん》する覚悟です」

この小僧、もう議員になったつもりらしい。得意げな顔で口上を述べると、さも当然という態度で一礼する。あまりの茶番ぶりに笑いを堪えていると——。

「あら、もう決議されちゃったの？　アタシまだ何も言ってないけど」

「っ、マリア殿、これは申し訳ない。少々先走りすぎたようで……」

（やめよマリア、それ以上やると我慢できん！　クッ、ククッ）

「ゴホンッ。マリア殿の意見はごもっとも。それではこの件に対し、決をとりたいと思いますが……。議長、よろしいですかな？」

「そ、そうじゃの。では、隆之介殿が議員となることに賛成の者は挙手を」

そう言うと、儂とマリア以外の議員が迷いなく手を挙げた。小僧の議員入りが決まると、みなが席を立ち拍手で迎える。この全てが既定路線、まさに筋書きどおりということか。今の儂にはどうでもよいことだが、何を言っても結果は変わらんじゃろう。

ちなみに小僧小僧と言っておるが、確か齢《よわい》は30と言っておったか。それにしては、腹芸の一つもできぬとは情けない。根回しにしても、もう少しやりようがあろうものを。

（さて、今度は儂の番かの）

出来損ないの茶番が済み、今日、慌ててここまで来た用件を伝えていく。今から話すことに比べれば、議員の件など些事《さじ》でしかない。

「みなの者、儂からも1つよいかの」

儂がそう言い放つと、みなが居住まいを正してこちらに注目する。

「ナナシ村の件じゃが。結論から申すと、獣人領の脅威とはなりえん。向こうがヘソを曲げん限り、食糧の供給源となることは間違いない」

「……ほお。して、戦力のほうはいかがで？」

「村の人口は約70人、そのうち戦力となるのは10人というところかの。だが強い者でも、せいぜいBランク冒険者程度じゃな」

「なるほど、それなら我らに好都合というもの。議長のお言葉ならば安心できますわい」

「うむ。全くもってそのとおりですな」

どうやら他の議員たちも、さしたる反論はないようだ。隆之介は静観を決め込み……というか、話を聞いておるのだろうか。興味がなさそうにそっぽを向いている。

「ただ、今後のことを考えるとな……」

そこで言葉を区切り、一同を見渡してから本題を述べる。

「食糧供給は重要な案件じゃろ？　そこで儂は、あの村へ移住しようと思うておる。今後は村人として、監視の任に就くつもりじゃ」

「はあ？　村人って……」

「なぜそのようなことを？」

まあ当然の反応じゃろう。連合議会の議長がどこぞの村人になるなど、普通ならあり得ん。

「実は、ひょんなことから村人になれての。村に入ることができたし、ちょうどいいと思ったんじゃ」

「いやしかし、議長の職務はどうされるおつもりですか」

「うむ。議長の任を譲ろうと思うておる。なんと都合のいいことに、議員も1人増えたでな」

儂の発言を耳にした議員どもは、今日一番の驚きを見せておる。その表情や声色からしても、とても演技には見えん。最初は洗脳の類を疑っておったが、それにしては縛りが弱い。まさか金を積まれてなびいたとも思えんが……。

「仮にそれが通ったとして、いったい次の議長は誰が適任だと？」

「種族数の最も少ないマリアを推すがの。まあ、議員の総意で決めるのが良かろう」

「ちょっとちょっと！　議長なんて絶対に御免よ！　選ぶなら他の人にして頂戴」

「ふむ……。なんにせよ移住の決意は固い。そう思ってくれ」

「議長、新参者ではありますが、私の発言をお許しください」

「隆之介殿、お主も議員の1人じゃ。忌憚《きたん》なく意見を申してくれ」

ここまで沈黙を保っていた小僧は、この件で物申したいことがあるらしい。自信に満ちた表情で周りの議員を見渡している。

「私は、議長の提案に賛成です。今は脅威でなくとも、いつ反旗をひるがえすやもしれません。同じ日本人として、その性質は理解しているつもりです」

「なるほど確かに」

「うむ、隆之介殿の言には説得力がありますな」

議員も揃って同意しておるが……。この小僧、発言の意味を理解しておるんじゃろうか。

「自分もいつ裏切るかわからん」そう言っているも同義ぞ。

商会を運営する手腕は認めるが、それも小僧自身によるものではなさそうだ。何かのスキルか、もしくは部下にやらせておるのか。いずれにせよ、人の上に立つ器《うつわ》ではない。

そのあとも、多少のやり取りはあったものの、否定的な意見は一向に出なかった。

議長としての責務や、様々な権限委譲のこともある。直ちに退任とはいかぬが、新たな議長の選任を含め、この提案は可決された。

やがて議会も閉会となり――。

「ねえ、これはどういうこと？　ちゃんと説明してもらうまで、絶対に逃がさないわよ」

帰り際、マリアが耳元で呟く。この女傑も、儂と同じことを感じたのだろう。今後の身の振り方を含め、彼女にだけは真実を伝えておこうかの。

異世界生活170日目

ドラゴの視察から5日。この数日の間にいくつかのイベントが発生していた。

そのほとんどは良いものだったが、なかには村にとって都合の悪いことも……。

まずは何と言っても、春香が念願のクラスチェンジを果たしたこと。タイミング的には、ドラゴ一行が視察に来た2日後の朝。春香が教会に赴き祈りを捧げたときだった。

頭の中にアナウンスが流れて、新たな職業に就けると告げられたそうだ。もちろんそれを拒む選択肢なんてない。その場で転職を決めたらしい。

春香Lv43　村人：忠誠98　職業：上級鑑定士〈NEW〉
スキル　上級鑑定Lv1〈NEW〉対象を目視することで全てのものを鑑定可能。通常鑑定よりも詳細な鑑定が可能となる。自身に対する鑑定を阻害できる。

職業は『上級鑑定士』。一見すると安易な派生先だなと感じてしまうが、春香はそう思っていないようだ。「上級があるなら、特級とか最上級だってあるでしょ！」ってことらしい。

そんな2次転職的なものがあるのかは不明。だが、「スキル保持者にしか理解できない漠然とした感覚」には私も身に覚えがある。春香がそう感じたなら、きっと何かがあるのだろう。

スキルは『鑑定』から『上級鑑定』に変化。鑑定対象に制限がなくなって、今までよりも詳細に鑑定できる優れもの。一般的なところだと、『性別、年齢、種族、健康状態』なんかが見えるようになり、ちょっと変わったものだと『属性や弱点』というのもわかるらしい。

ちなみに、私の属性は「属性：なし」と表示された。桜や秋穂も同じだったので、魔法属性とは別物のようだ。「魔物とか種族特有の基本耐性みたいなもの」と、春香は語っていた。

また弱点については、私の名誉のために、この場で公開するのは遠慮させてもらう。勘違いしないでほしいが、決していかがわしいものではないので、邪推はしないでいただきたい。

なんにしても、春香本人は大層喜んでおり、「次は戦闘系のスキルでも生えてこないかなー」と、欲張っている始末だった。

2つ目のイベントは、村の食堂施設が完成を迎えたことだ。立派な炊事場が出来上がり、ルドルグ特製のパン焼きかまども併設された。朝昼晩の食事に加え、以前から構想していたお弁当企画も無事に通った。ダンジョン組や採掘班は、さっそく弁当を受け取っている。

食堂を任せている兎人たちだが、ルルさんの他にもう1人、調理師の職業が授けられた。この調子で行けば、残りの2人も恩恵を受けられそうだ。当の本人たちに気負いはなく、「私たちはのんびりやっていきますよ」と話していた。

あ、そうだ。お弁当の話が出たので補足しておくと、日本人の一番人気は「塩おむすび」で、獣人たちは「ただの蒸《ふ》かし芋」だったよ。採掘作業や戦闘の合間に食べるので、シンプルで手早く食べられるものが好まれるんだと。

それと採掘作業といえば――忘れちゃいけないのが、深層での採掘が解禁されたことだ。北の鉱山に結界を張ってから、かれこれ9日間様子を見たんだけど……。鉱山が埋まったり、結界に影響が出ることもなかった。いよいよ今日が初挑戦。採掘班のみんなは意気揚々と出かけていった。

そして最後に、厄介な匂いがするイベントが一つ。

メリナードが先ほど仕入れた情報なんだが、なんとあのドラゴが議長を退任する予定みたいだ。しかもそれだけではなく、日本商会の会長が、日本人代表として議会の末席に加わった。つい数日前に会ったばかりなのに、それがいきなり退任なんて普通じゃない。日本商会のことにしても、この世界に来てまだ半年だというのに、一介の商会長が選出されるのにも違和感しかなかった。

そんなことを考えながら、メリナードとの念話を思い返す。

『――で、その情報は確かなのか』

『はい、街の領主に直接聞きましたので間違いありません』

『理由は？　こんな大事、よほどの事情がないとあり得ないだろ？』

『議長退任に関しては、村の監視を目的として移住するため、だそうです。本人の意志も固く、議会の総意で決議されたと』

『確かに村人にはなったけどさ。議長の座を放り出すなんて……』

『議長の真意については、直接聞かなければなんとも。ですが女神さまへの信仰心から見るに、十分考えられるのではないかと』

まあ、わからんでもないが……。それにしたって、飛行スキルで飛んでくれば、この村まで2日とかからない。いつでも来られるというのに、なぜ移住なんて選択をしたのかは理解できなかった。

『あと、村の監視ってことだけどさ。それは建前の話だよな？　忠誠度も高かったし、まさかそんなわけないだろうに』

『ええ、それについては私も同意見です。おそらくは体のいい理由付けでしょうね』

『それにしても、家族はどうするつもりなんだ？　その辺の事情は聞いてる？』

『ご家族の方も同じ竜人、ともなれば信仰心は相当なもの。私見ではありますが、問題なく村人になれると考えます』

『……まあそうかもしれないな。これ以上は村へ来たときに対処しようか』

今からアレコレ考えても無駄だ。こちらの想定どおりに事が運ぶなんてことは稀《まれ》だし、とりあえずのところは棚上げとした。

『それと日本商会のことだが……』

『領主の話では、議員の大半が就任に賛成。諸手を挙げて迎え入れたと聞いております』

『いやいや、それはおかしいだろ。絶対に何かあるぞ』

『何か、というのはスキルのことですか？　それとも金銭による買収のことを？』

『賄賂の線はないと思う。議会の規律上、金銭程度でなびく輩がいるとは思えん』

『ならばスキルによる影響ですか』

『前に商会長のスキルを教えてくれただろ。確か『カリスマ』だっけ？』

『ええ。教会の登録情報には、そのように記載してありました。まず間違いないかと』

日本人のスキル情報は、教会で一括管理をしている。そして寄附という名の情報料さえ払えば誰でも知ることができる。商会長については、割と早い段階で情報を入手していたが……。

『カリスマってさ。他人を扇動したり、人々を導く力、ってのがよくあるパターンなんだけど……。意志の強い人とか地位の高い人なんかには効きにくい、ってのが定番なんだよ』

『なるほど、そうなのですか？』

『まあ勝手な想像だから、本当のところはわからないけどな』

とてもじゃないけど、議員を意のままに操るなんて不可能だろう。洗脳や魅了ならともかく、カリスマ程度じゃ無理だと思う。

『たぶんだけど、もっと強力なスキルを持っているはずだ』

『もしそうなら相当危険なのでは？』

『まあ好きにやればいいけど、商会長には極力接触しないようにな』

『わかりました。他の者にも徹底させます』

私がいろいろ思案したところで、どうにかできるはずもない。そもそも、街や首都へ安全に行ける保障がないのだ。事態は止められないし、止める気すらない。

――と、まあそんなことがあり、いよいよ獣人領の動向が怪しくなってきた。

この話を聞いた私は、街でしか手に入らないものをメリナードに頼んだ。製錬の魔道具や魔力炉の魔道具、他にも灯《あか》りの魔道具などなど、街との取引が困難になる前に、必要なものを揃えておきたい。

明日は南の勇者のところへ行く予定だし、この辺りの事情も伝えておいたほうがよさそうだ。何やら杏子さんたちにお礼がしたいらしく、桜たちも同行を希望している。ランクアップの件だと思うが、彼女たちなら余計なことは言わずに上手く話してくれるだろう。私も勇人のことは気に入っているし、再会を楽しみにしていた。

どれだけ成長したのか。そしてこれからどう動くのか。この世界の命運は、彼ら次第で決まるような気がしてならない。

外伝　南の勇者の異世界転移

間もなく夏も本番という休日――

僕は電車に揺られながら、1人、行きつけの美容院へと向かっていた。

近くでお祭りでもあるのだろうか。土曜の昼間だというのに車内はほどほどに混み合っている。

まあそうは言っても、せいぜい座席が埋まる程度のこと。いつもの大混雑に比べたら、まるで天国のような環境に思える。

今年で最後の高校生活。とくに不満はなかったけれど、朝のラッシュだけはいまだに苦手だ。

ふと周りを見渡すと、乗客の年齢層は20代前後の人が多い。女性は大きなバッグを抱え、逆に男性陣は身軽な装いをしている。

「あの、突然すみません」

「もしかしてイベントの参加者ですか？」

それからしばらく――。

ドアの付近に立っていると、すぐ隣にいた2人の女性が話しかけてきた。お揃いのキャリーバッグを引っ下げ、興味深そうな顔でこっちを見つめる。こうして声をかけられることはよくあることだけれど、ナンパ目的という感じではなさそうだ。

「いいえ、たぶん違うと思いますけど……って、今日は何かあるんですか？」

そのあと会話を続けていると、２人が話しかけてきた理由がわかってきた。どうやらここから3駅先で、コスプレイベントが開催中とのこと。僕の容姿を見て、何かのキャラクターを連想したらしい。アニメのことはわからなかったが、２人の語り口は相当なもの。話を聞いているうちに、だんだんと興味が湧いてくる。

「でね。その主人公が滅茶苦茶かっこいいんですよ！」

「勇人くん、すごく似合いそうだなって」

なんでも異世界へ飛ばされた主人公が、いずれ勇者として大活躍するらしい。たくさんの仲間とともに、魔王から世界を救うという物語だった。僕がその主人公にそっくりで、思わず声をかけてくれたみたいだ。ちなみにイベントは夜まで続き、彼女たちは午後からの参戦を予定していた。

「じゃあ僕はここで。イベント、楽しみにしてますね」

「うん、絶対連絡してよー」

「待ってるからねー」

最寄《もよ》りの駅に到着したところで、2人とはいったんお別れ。プシュッと自動扉が開いて、ホームに降り立とうとした瞬間のことだった。

いきなり目の前が真っ白になると、次に目を開けたときには見知らぬ森に立っていた——。

(なんだこれ……？)

延々と続く深い森。不自然なほど澄みきった川。下流のほうに目をやれば、広大な海がどこまでも広がっている。それまでの喧騒《けんそう》とは一変、川のせせらぎだけが耳に残った。

何より奇妙に思ったのは、自分がやけに冷静なことだ。明らかな異常事態にもかかわらず、不思議と動揺することはなかった。「まあ、どうにかなるだろう」と、根拠のない自信が溢れてくる。ふと川を覗いたとき、笑みをこぼしていることを自覚した。

そんな僕は、導かれるように下流へと歩いていく。

海へ行けば何かあるかもと、気づけば足を向けていた。2分ほど歩いたところで、川の終着点へと到着。てっきり海岸が見えると思っていたのだが……。そこは断崖絶壁となっており、川の水が滝のように流れ落ちていた。

ざっと見積もっても、落差は30メートル以上ある。とてもじゃないけど下まで降りられそうにない。というか、降りたところで意味はないだろう。右を見ても左を向いても、砂浜はおろか岩場すら存在しない。辺り一面、どこまでも深い青が続いている。

(おかしいな。何かあると思ったんだけど)

どうやら僕の直感は空振りに終わったようだ。それから周囲を探索すること少々。どうあがいても海に降りられないこと以外、大した情報は得られなかった。

——と、元の場所に戻ろうとしたとき、森のほうから物音が近づいてくる。ガサガサという音に加え、微《かす》かに人の話し声が混じる。僕は少しだけ距離を取ると、河原に落ちていた石を拾って身構えた。


しばらくすると、すぐ近くの森から3人の女性が姿を現す。そのうちの2人は僕と同年代だろうか。もう1人の女性は少し年上に見える。こんなときに思うことではないけれど、3人ともすごく綺麗な女性だった。

「杏子さん、あそこに男の人が……」

「やっぱり私たちだけじゃなかったのね」

その口ぶりから察するに、彼女たちも同じ状況下に置かれたのだろう。キャンプとかハイキングとか、そんな暢気《のんき》な雰囲気には到底見えなかった。何やら話し合ったあと、僕のほうへと近づいてくる。

やがて目の前まで来たところで、年上の女性が口を開いた。

「ごめんなさい。いきなりで悪いんだけど、あなたは1人でここへ？」

「いや、どうなんでしょう？　たぶん僕だけだと思いますけど――」

自分が電車に乗っていたこと。突然まばゆい光に襲われたこと。気づいたらこの森にいたことを話していく。と、やはり3人も似たような現象に遭遇していた。目の前が真っ白になった途端、気がつけば森の中に立っていた。それぞれ別の場所にいたそうだが、森をさまよっているうちに合流したらしい。


それからなんやかんやと話し込み、今はお互いの自己紹介を終えたところ。杏子さん、立花さん、葉月さんの3人は全くの初対面だと判明する。唯一の共通点といえば、そのとき、外出していたことくらいか。住んでいる場所はバラバラだし、もちろん僕との面識もなかった。

「でもなぜかしら。結城《ゆうき》くんと話していると妙に落ち着くのよね」

「あっ、それわかる」

「うん、私も同じことを思ってた」

ここまでの話しぶりから、立花さんと葉月さんからは明らかな好意を感じていた。杏子さんもそれに近いが、異性に向けるものとは違うような……。まあどんな感情にしろ、警戒されるよりはマシだろう。ひとまず微笑んで返し、なおも話を続けていく。

「にしても、ここはどこなんでしょう。まさか死後の世界ってことはないですよね？」

「そうね。たぶんだけど……異世界に来ちゃったんだと思う」

僕の問いかけに対し、間髪入れずに答える杏子さん。

その真剣な表情から察するに、冗談を言っているわけではなさそうだ。異世界という単語を聞いて、ふと電車でのやり取りを思い出した。

「異世界っていうと、勇者とか魔王がいる世界のことかな」

「そこまではわからないけど……って、結城くんはそういうのに詳しい人？」

「いえ。たまたまそんな話を聞いたんですよ。僕自身は全然です」

「あ、そうなのね……」

一瞬だけ見せた笑顔から一変、杏子さんの表情に陰りが見える。落胆するほどではないものの、気恥ずかしそうに俯《うつむ》いた。ちなみに他の2人も僕と同様、そういった知識には疎いようだ。

杏子さんとのやり取りを前に疑問符を浮かべている。

「でも杏子さんの言うとおり、ここは異世界かもしれませんね」

「……大丈夫よ。無理に合わせなくてもいいわ」

「いや、そうじゃなくて。ほらあそこ」

僕が指さしたのは川べりの上流側だ。ここから50メートルほどの距離に『小さな怪物』が姿を現す。森からフラッと飛び出してくると、そのまま川の水を飲み始めた。

「あんな生物、地球には絶対いませんよね」

振り返った3人も気づいたらしい。ビクッと震えて後退すると、僕の背後へと回り込む。

「間違いないわ。あれはゴブリンよ……」

「ですね。僕にもそう見えます」

ファンタジーに疎い僕でも、さすがにゴブリンくらいは知っている。背丈は1メートルくらいだろうか。ギョロっとした目玉にとんがった鼻。昔見た映画のそれとソックリな見た目だ。

「ねえあなた。なんでそんなに冷静なわけ？」

「それがよくわかんないんですよ。驚きはあるんですけど、不思議と恐怖を感じません」

そう答えたと同時、喉を潤したゴブリンが立ち上がる。僕らを視界に捉えると、一目散に襲い掛かってきた。それほど素早くないけれど、確実に距離が縮まっていく。

「ねえ結城くん、どうするの？」

「森に逃げたほうが……」

「いや、ちょっと戦ってみます。みんなは少し下がって」

恐怖に怯《ひる》む立花さんと葉月さんの2人。杏子さんは……何やらブツブツと呟いている。

いずれにしても、闇雲に逃げるのは悪手《あくしゅ》だ。こうして出くわした以上、他のゴブリンとも遭遇する可能性がある。複数を相手にするくらいなら、この場で確実に仕留めたほうがいい。この気持ちが勇気なのか蛮行なのか。とにかく僕の中には戦うという選択肢しかなかった。

さっき拾った石ころを握りしめ、自らゴブリンの元へと駆け寄っていく。

（うわっ、なんだこれ。体が軽い……）

もはや気のせいというレベルではない。踏み出す一歩一歩に確かな力強さを感じる。みるみるうちに距離が詰まると、ゴブリンの顔が直前にまで迫った。

「ンギャッ」

顔面に拳を叩き込むと、ゴブリンが悲鳴を上げて吹っ飛んでいく。1回、2回、3回と、川辺を無造作に転がったあと、最後はあおむけの状態で静止する。

（腕力も上がっているみたいだ。って、さすがに死んだよな……）

陥没した顔面。あらぬ方向に曲がった首。ビクリと仰《の》け反ったゴブリンが、次第に黒いモヤへと変化していく——。やがてモヤが霧散すると、その場に残ったのは皮の腰蓑が1つ。それと小指の爪ほどの黒い石だった。

「みなさん、もう平気だと思います」

目の前のゴブリンは完全に消えたし、周囲に危険な存在もいないようだ。なんの根拠もないけれど、なんとなくそんな気がする。３人が駆け寄ってくると、杏子さんが黒い石を拾いながら口を開いた。

「結城くん、あなたすごいのね。いきなり人型を殺れるなんて……」

「なぜかイケそうな気がしたんです。理由はわかりませんけどね」

「そう。やっぱりそういうことなのかしら――」

最後のほうはよく聞こえなかったが、杏子さんは納得顔で何度も頷いている。他の２人は安心したのか、僕のすぐ近くで腰を下ろした。

「さて、と。これからどうしましょうか」

現在地がわからない以上、むやみに歩き回ったところで意味はない。ここが異世界なのかはさておき、地球じゃないことは明らかだ。川沿いを歩いたところで、変な生物に出会うのが関の山だろう。

「まずは食糧と寝床の確保かしら。それと武器になるものが欲しいわ」

杏子さん曰く、視界の悪い森の中は避けたほうがいいらしい。一度迷えば最後、戻ってこれる保証はないそうだ。ゴブリンは森から出てきたし、僕も奥の方へ行くのは反対だ。とくに川向こうの深い森は危険だ。「あっちには絶対行くな」と僕のナニカが警鐘を鳴らしている。

「じゃあ、みんなで取り掛かりましょう。時間はかかるけど、そのほうが安全です」

「そうね。足手まといにならないよう頑張るわ」

「アタシも！」

「私も精一杯手伝います」

かくして、僕たち4人は行動を共にすることに——。誰が言い出したわけでもなく、ごく自然な……いや、ある意味不自然な流れで共同生活が始まった。

なぜこんなところへ来てしまったのか。これからどうすればいいのか。理由も目的もわからないけれど、僕の気持ちは不気味なほど落ち着いていた。

異世界生活7日目

妙な世界に飛ばされてから1週間。僕らの生活はようやく軌道に乗り始めていた。

4人がなんとか寝られるサイズの掘っ立て小屋。ゴブリンから手に入れた錆びだらけのナイフ。食べ物といえば、猪の魔物から取れる肉と、川で捕まえた魚が主だ。他にも自生している果物など、飢えに困ることはなくなっている。

正直、日本の米が恋しいけれど……愚痴《ぐち》をこぼしたところで仕方がない。生きているだけでも儲けものと、日々を忙しく過ごしていた。

そんな現在は本格的な住居を建設中。まずは外敵の侵入を防ぐために砦を構築しているところだ。壁の高さは3メートルくらいだろうか。太い丸太を地中に差し込み、なるべく隙間ができないように立てていく。

「杏子さん、追加の丸太を頼んでもいいかな」

「もちろんよ。すぐに用意するわね」

近くの木々に向けて風魔法を放つ杏子さん。伐採や枝打ち、果ては基礎部分の穴掘りまでを一手に担《にな》っている。僕らの出番といえば、せいぜい木材を運んで建てていくくらいか。建築作業だけではなく、日常生活の大半は杏子さんを中心に回っている。

「やっぱり杏子さんの魔法はすごいよね。僕が活躍できるのは狩りくらいだよ」

「そんなことないわ。前にも言ったけど、勇人が近くにいると落ち着くのよね」

「……そっか。役に立ってるなら嬉しいよ」

風魔法だけでなく、火や水、土の魔法まで使える杏子さん。そんな彼女の見立てによると、僕には複数の才能があるらしい。身体の強化や直感に加え、精神を安定させるスキルを持っているそうだ。「あくまで私の妄想よ」と、いつも気恥ずかしそうに語っていた。

ちなみにスキルに関してだが、変化があったのは僕や杏子さんだけではない。立花や葉月にも似たような兆候が起きている。

立花はナイフを持つと好戦的になり、嬉々として魔物に飛びかかっていくように――。武器なんて持ったこともないはずなのに、驚くほど良い動きを見せた。

葉月は葉月で傷の手当てが得意……というより、異常とも言えるほどの治癒能力があるようだ。以前、立花がゴブリンに咬《か》まれて怪我をしたんだが――。葉月が処置した翌日には、傷がすっかり癒《い》えてしまった。薬も塗らず、ただ布切れを巻いただけ。杏子さんは回復魔法の一種だと睨んでいる。

戦士の立花、勇者の僕、僧侶の葉月、そして魔法使いの杏子さん。ロールプレイングゲームでは鉄板の構成だと話していた。

(にしても僕が勇者って……。あんまり良いイメージがないんだけどな)

物語の勇者といえば、『勇敢で正義感に溢れた存在』であり『弱き者を助けて悪を断つ』って印象を持っている。言い換えれば、『自分の正義を押し付け、善悪を勝手に決めつける』ってことでもある。

親しい人のためならともかく、赤の他人のために動く義理はない。そもそもトラブルに首を突っ込むなんて御免だ。自分のことを最優先に考え、みんなとは共依存の関係を保ちたい。

「――え。ねえ、ちょっと聞いてるの？」

「あっ、杏子さんごめん。なんだっけ」

いつの間にかもの思いにふけっていたらしい。彼女の呼びかけに気づいたときには、辺り一面の木々が倒れていた。払った枝葉は吹き飛ばされ、長さの揃った丸太がこれでもかと転がっている。

「これだけあれば足りるでしょ。あとは住居の分に取り掛かるわよ」

「そ、そうだね。今日中には囲いを完成させよう」

「立花と葉月も帰ってくる頃だし、午後から一気にやっちゃいましょう」

砦の中にいれば夜も安心して寝られる。広さも十分だし、今後の生活が快適になることは間違いない。できればもう少し人手が欲しいけれど……それはそれでトラブルの原因となりそうだ。他に人がいるとしても、今しばらくはこのままでいいのかもしれない。

異世界生活14日目

防壁の完成から7日後、拠点内に新たな住居が出来上がった。

相変わらず陳腐な作りだけれど、広さに関しては申し分のない仕上がりだ。それこそ10人は住めるほどのスペースを確保している。床には平らな木材が敷き詰められ、所どころ空いた隙間は土魔法で埋めてある。そのどれもこれもが杏子さん頼り。申し訳なく思う半面、彼女への依存度は日に日に増していた。

「ねえ。あなたほんとに大丈夫なの？」

「今日は休んだほうがいいと思う」

「そうだぞ勇人。狩りはアタシらに任せとけよ」

今は拠点内の広場で朝食を摂っているところ。みんなは心配そうに声をかけてくれるけど、僕の食欲は至って旺盛、体調もすこぶる良好だ。

「大丈夫。昨日のアレなら平気だよ。自分でも驚くほど気にしてないみたい」

「でもあなた……いえ、無理はしないでね」

3人が気にしているのは昨日起こった襲撃事件のことだ。僕の取った行動に対し、精神的なダメージを危惧している。異世界に来てから初めての敵対者たち。まさか同じ日本人に襲われるとは思ってもみなかった。

あれは昼を少し回った頃だったか。事件は昼食を食べ終えた直後に起こった——。

◇◆◇◆◇

「じゃあ、勇人は薪《まき》集めをお願い。私たちは内装を仕上げておくわ」

「了解。今日は多めに拾ってくるよ」

新居の整備はいよいよ大詰め。外枠は既に完成しており、あとは細々とした補修を残すばかりとなった。強固な防壁のおかげで魔物が侵入してくることはない。近場限定ではあるものの、最近は単独行動も増えつつあった。

杏子さん曰く、魔物を狩れば狩るほどレベルアップするらしい。まるでゲームのような話だけれど、実際、僕らの身体能力は目覚ましい成長を遂げていた。

かれこれ1時間くらいは経っただろうか。乾いた枝を拾いながら、ときおり襲ってくる魔物を倒すことしばらく――。そろそろ拠点に戻ろうかと、枝の束を拾い上げたときだった。

(あれ。なんか嫌な感じがする……)

いつも感じる魔物の気配とは全然違う。ネチネチとまとわりつくような気持ち悪い感覚。それが何なのかはわからないけれど、とにかく拠点に戻ったほうがよさそうだ。僕は全力で森を駆け抜け、数分とかからず拠点の出入口へと到着したのだが――。

「杏子さん……って、その人たちは誰ですか?」

どういうわけか、広場の中は人でごった返していた。杏子さんたちと向き合うように、複数の男女が居並んでいる。30代くらいの男性が4人と、10代後半に見える女性が6人。しかも驚くべきことに、女性陣は両手をツルで縛られた状態だ。一方、男のほうは錆びたナイフを所持。

腰のベルトにも数本の予備を携帯している。

「ちっ。もう1人は野郎だったのか。しかもすげぇイケメンだし」

「まあいいじゃないか。ちょうどいい住みかも見つかったしさ」

男2人が口を開くと、それに合わせて残りのやつが笑みを見せる。よっぽど腕に自信があるのだろう。僕が近寄っても、ニヤついた顔を崩さなかった。どう解釈したところで、友好的な接触とは思えない。女性陣はさておくとして、男4人は敵と捉えていいだろう。

「勇人、気をつけて。さっきから魔法が使えないの。絶対何かやられてるわ」

「大丈夫です。僕に任せてください」

相手を敵と認識した瞬間、心の奥底から熱いものが込み上げてくる。魔物を屠《ほふ》るときにも感じるが、いまだにその正体がなんなのかわからない。ひとまず杏子さんたちを後ろに下がらせ、僕はナイフを片手に身構えた。

「おっ、1人でやるつもりかよ」

「さすがイケメン。やることが違うよな」

「顔は関係ないと思うけど……。まあ僕だけで十分でしょ。みなさんかなり弱そうだし」

サービス精神旺盛なのか、4人とも安い挑発に乗ってくれるらしい。すぐさま飛び込んでくると、僕を囲ってナイフを突き出してくる。

「おらっ。避けないと死んじまうぞ」

「威勢がいいのは口だけかよ！」

ひと思いに刺せばいいのに、わざわざ牽制するような仕草を見せる4人組。もちろん避ける自信はあったが、これはもうそれ以前の問題だった。最初から殺すつもりは……というより、殺す覚悟ができていない。脅せば屈するだろうと安易に考えている。

むろん、相手のペースに合わせる義理はない。奥の手があるのか知らないけれど、さっさと始末するのが賢明だろう。

「すみません。死んでください」

まずは視界に入った男に向けてナイフを一突き。心臓目掛けて押し込むと、そのまま蹴りを入れて吹き飛ばす。立て続けにもう1人。首元に吸い込まれたナイフが付け根の部分で折れる。

「腰のこれ、お借りします」

白目をむく相手からナイフを抜き取り、振り向きざまに3人目を屠る。しっかりと、男が脱力するまで気を抜くことはない。

周りの女性たちが悲鳴を上げるなか、呆然とその場に立ち尽くす最後の男。手に持ったナイフを取りこぼし、よろよろと後ずさりしたところで腰を抜かす。

「お、お前わかってるのか。それ、人殺しだぞ……」

命乞いでもするのかと思えば、男はそんな当たり前のことを言い放つ。先に仕掛けてきたのはそっちだろうに……。僕は男を見つめたまま、杏子さんに語り掛ける。

「この男どうしましょう。一応、事情を聞いてみますか？」

「……その必要はないと思う。彼女たちから聞けば十分よ」

「あの子たちが共犯だったら？　うそをつくかもしれませんよね」

「だとしてもよ。あなたに逆らうとは思えないわ」

ふと女性陣に目をやると、全員が僕の顔を見つめていた。言葉こそ発しないものの、激しく頷いて返す。『恐怖混じりの安堵』とでも表現すればいいだろうか。囚《とら》われの身を演じているわけではなさそうだ。

「じゃあ、ちょっと川に行ってきます。すぐに戻りますね」

「待って勇人。私も手伝うわ。立花と葉月はその子たちを見張ってて」

それから数分後——。森に断末魔の叫びが響いたあと、男たちは海へと消えていった。

残った女性陣によれば、彼らとは転移初日に出会ったらしい。具体的な内容は避けるが、ほぼ想像どおりの仕打ちを受けていた。どこに逃げても探知され、男の1人に触れられると体が麻痺《まひ》してしまうとのことだった。

「探知はともかく、麻痺は厄介ですね。使われずに済んで良かったです」

「案外、勇人には効かないのかも……。かなりレアな能力だけど、そういうのもあるのよ」

「へぇ、そんな便利な能力があるんですか」

「勇人、やっぱりあなたって……」

最後の言葉はよく聞き取れなかったが……まあ、大したことではないだろう。


——と、そんなこんなありつつ、襲撃事件は終幕となり、翌日の朝を迎えている。

僕らは6人の女性を受け入れ、共に暮らすことを選択。自己紹介もほどほどに、彼女たちは深い眠りに就いていた。肉体的な疲労に加え、精神の負担がかなり大きいのだろう。結局、起き上がってきたのは陽《ひ》も暮れだした頃だった。

異世界生活60日目

僕らが異世界に来てから2か月が経過した。

最初の襲撃以来、度々《たびたび》訪れてくる日本人たち。その誰もが敵対者ばかりで、まともに会話できるような相手は皆無だった。ここには現地人がいないのか、それらしい人影は一度たりとも見ていない。

そんな一方、僕らの生活レベルは少しずつ向上している。海で魚を獲ったり、海水から塩を作ったりと、海産物のレパートリーは格段に増えた。下りられないはずの断崖は、杏子さんの土魔法により解決済み。手すり付きの階段によって海面まで安全に下りることが可能だ。

そして改善したのは食生活だけに留まらない。地面を土魔法で固めた露天風呂。魔物の毛皮で作った敷き布団。襲撃者を監視するための物見やぐらなど、普段の生活環境も程よく充実してきた。

残る問題といえば、みんなの衣服と武器の確保だろうか。毎日のように森へ入って、魔物狩りや薪集めを繰り返す生活。当然、服はすぐに汚れるし、靴底の消耗もすこぶる激しい。襲撃者からの戦利品があっても追いつかないレベルだ。

武器についても似たようなもので、ゴブリンの錆びたナイフは、いとも簡単に折れてしまう。小剣を3本だけ手に入れたけれど……それもいつまで持つのか怪しいところだ。

(どこかに街が――いや、せめて村でもあればいいのだけれど)

かれこれ2か月。探索範囲を広げているものの、いまだに現地人の痕跡すら見つかっていない。どこへ行っても延々と森が続くだけ。たまに見つかるものといえば、日本人の遺留品くらいだ。正直な話、「ここで一生を終えるのかも」と半ば諦めかけていた。

「勇人どうしたの？　さっきから全然食べてないけど」

「っ、ごめんごめん。ちょっと考え事をしてた。大したことじゃないからね」

そんな今は夕食の真っ最中。広場でかまどを囲いながら、みんなで談笑しているところだ。

心配そうに見つめる鈴音《すずね》に対し、僕は微笑んで返す。

「ならいいんだけど……。悩みがあるなら相談してよ？」

「大丈夫。みんなのおかげで助かってるさ。これだって、ほらっ」

僕が掲げて見せたのは料理の入った木の器。素人の作品とは思えないほど精巧に削られている。他にも箸やコップなど、全部目の前にいる鈴音が作ってくれたものだ。木工の経験など一度もないと言っていたけれど、職人技のような手さばきで次々と仕上げていた。

「わたし、勇人の役に立ててるかな？」

「もちろんだよ。これからもみんなで頑張っていこう」

くよくよ悩んだところで仕方がない。とにかく探索を続けて手掛かりを見つけるまでだ。

異世界生活１５４日目

それからさらに３か月。僕らは誰ひとり欠けることなく、異世界を生き抜いていた。

生活基盤の中心であり、リーダー役を務める杏子さん。魔物狩りを担当する僕と立花と葉月。

他にも海の漁や塩作りなど、各自の役割分担は明確に決まっている。作業をサボる者は１人もおらず、集団の雰囲気は常に明るい。

もちろん意見のぶつかり合い程度は度々起こる。先々のことを思えば不安にもなるし、長く一緒にいれば、相手の嫌な部分が目についてくる。かくいう僕もその1人。口にこそ出さないけれど、調査の進展がないことに苛立《いらだ》ちを覚えていた。

「ふぅ、今日もお疲れさまでした」

「結局、大した収穫はなかったわね。やっぱり街なんてないのかしら」

「杏子さん、諦めるのは早いですよ。もう少し頑張りましょう」

今日は初期メンバーの4人で西の森を探索。結構遠くまで歩いたけれど、これといった成果は得られなかった。森の切れ目は見つからず、海はどこまでも断崖絶壁が続いている。

「そうね。襲撃者が来ないだけでも御の字だわ」

ここ数か月、日本人の訪問はパタリと止まっている。おそらくは魔物にやられたのだろう。おかげで砦のことを気にすることなく遠出が可能となっていた。

「空間収納を覚えたし、食糧の心配はありません。今度はもっと遠くまで行きましょう」

「じゃあ、海沿いを行くのがいいかしら。あのルートなら遭難しなくて済みそう」

「ですね。明日、食糧を確保したら向かいましょう」

僕に発現した『空間収納』という能力。頭の中で念じると、真っ黒な異空間が目の前に現れてくれる。どこでも出し入れが可能だし、手を突っ込めば、中に入っているものが頭に浮かんでくる。まさに四次元的なアレを彷彿《ほうふつ》とさせる便利な機能だった。

「なあ勇人、東の森にはもう行かないのか？　アタシはオークに興味があるんだけど」

異空間から魔物素材を取り出していると、立花がそんなことを言い放つ。

「確かに。あれを倒せばレベルが上がりそうだけどさ。とてもじゃないけど武器が耐えられないよ。素手で挑むにはまだ早いと思う」

「そっか、そうだよな。もうちょいマシな剣があればイケるのに……」

実は数週間前、東の森へと足を踏み入れている。

異世界に慣れたせいか、もしくは自分たちが強くなったからなのか。転移当初の危機感は薄れ、東の森への警戒心はそれほどでもなくなっていた。もしかして手掛かりがあるかもと、4人で探索してみたところ——。数百メートル進んだところで二足歩行の魔物と遭遇する。

でっぷりとした体形に、豚とも猪とも言える顔立ちの怪物。杏子さん曰く、ファンタジーに登場するオークそのもののとのこと。4対1の数的有利に加え、魔法による先制攻撃のおかげで倒すことはできたんだが……。僕と立花の小剣は、オークの皮膚を貫くことなく折れてしまった。

極上の肉が手に入ったものの、今の装備では心もとない。藪蛇《やぶへび》をつついて砦を襲われても困る。東の探索は保留にして、しばらくは西方面の調査を優先していた。

「あんな魔物がいる世界だもの。もし街があるなら、それなりの武器だってあるはずよ。無理して戦うよりも西の探索を優先しましょ」

「僕も杏子さんの意見に賛成かな。服もボロボロだし、靴もかなりヘタってきたからね。原始人になる前に街を見つけないと」

「あたしは裸でもいいけどさ。確かに剣は欲しいかも……」

全裸はいろいろまずいと思うが、立花の目は本気のソレだ。彼女の剣に対する執着は、力を増すごとに増長している。小剣を失ったときの絶望感ときたら、この世の終わりかと思えるほどだったし……。きっと彼女の持つ能力とも関係しているのだろう。

「とにかく、明日は食糧の確保に当てましょう。私は念のために防壁を補強しておくわね」

「じゃあ僕たち3人で狩ってきます。立花と葉月もそれでいいかな」

「わかった！」

「うん、私も勇人について行く」

かくして、僕たち4人は遠征を決行することになった。

明日に訪れる『異世界最大の転機』。

そんなものがあるとはつゆ知らず、みんなで夕飯を摂って早々、眠りにつくのだった——。

異世界生活155日目

翌日。僕が目を覚ますと、広場から物音が聞こえてくる。パチパチとたき火の爆《は》ぜる音。それに加えて木の焦げる匂いが微かに漂っている。

「あれ、まだ夜明け前か」

普段なら熟睡している時間だけれど……どうやら相当早くに目が覚めたらしい。窓の外は薄暗く、朝焼けには今しばらくかかるだろう。

ふと家の中を見渡せば、スヤスヤと寝息を立てるみんなの姿が——。魔物の毛皮に身を包んだり、隣の人と抱き合っていたり。いつもの見慣れた光景が目に飛び込んでくる。

(そっか。今日の夜番は杏子さんか)

出入口側の僕とは正反対の場所。部屋の一番カドに1人分の空きスペースがある。他の子が日替わりで寝床を交代するなか、杏子さんだけはずっと同じ場所で寝ていた。

(ちょっと早いけど起きるか)

早起きしたにもかかわらず、今日は不思議と眠気を感じなかった。というより、普段に比べて目覚めが良い。朝は苦手なほうなんだけど……どういうわけか、意識がハッキリとしている。

みんなを起こさないよう静かに起き上がると、入り口の扉に手を掛けて外を覗く。

「あら、今日はずいぶんと早いのね。もしかして起こしちゃったかしら」

僕に気づいた杏子さんが、かまどに薪をくべながら振り返る。

「そんなことないですよ。今日はたまたま目が覚めちゃって」

「そう、ならいいけど。せっかくだし座ったら？」

彼女は言いながら、お得意の水魔法を発動する。空中に浮いた水の玉が、みるみるうちに沸騰。木のコップに注がれると、フワッと湯気が立ちのぼった。

僕はそれを受け取りつつ、彼女の隣に腰掛けてからひと啜《すす》りする。

「ふー。今日も天気が良さそうですね」

「そうね。作業が捗《はかど》るわ」

杏子さんとの会話は、いつもこんな感じで短めだ。お互い気負うこともなく、一緒にいるだけで心地よさを感じる。僕より6歳年上の彼女。異性としても魅力的だけど……どちらかと言えば、頼れるお姉さんという印象が強い。異世界に来てから5か月あまり。彼女を恋愛対象として見たことはなかった。

それは杏子さんにしても同じこと。僕に対する信頼感はあれども、男として見たことは一度もないそうだ。以前、何かの拍子にそんなことを語っていた。

「ねえ勇人。私の勘違いかもしれないけど――」

かまどの火を見つめながら、何かを言いたげな様子の杏子さん。コップのお湯をひと啜りすると、続く言葉を投げかけてくる。

「なんか今日って、いつもと空気が違くない？」

「え、空気……ですか？」

「あなたの直感ほどじゃないけど、何かが起こりそうな気がするのよね」

僕には普段と変わらないように思えるが――。

「なんとなくソワソワするような……って、ごめん。どう表現していいかわからないわ」

しばらく話を聞いてみるも、結局、違和感の正体はわからず仕舞いだった。落ち着かない気分ではあるようだが、決して悪い感覚ではないらしい。ひとまず万が一に備え、今日は近場で狩りをすることに決まった。

「にしても珍しいですね。いつも冷静な杏子さんが……」

「明日の遠征を前に緊張してるのかも？」

「あー、確かに。それはあるかもしれませんね」

と、そんな一幕があってから数時間後――。僕は立花と葉月を連れて狩りに出かけていた。

大兎や大猪など、今日は肉を残す魔物を狙っている。

狩り始めて1時間と少々。お目当ての獲物は早々に見つかり、既に結構な成果を出していた。

「どうする勇人、もうちょっと集めておくか？」

「そうだね。念のためにもう少し狩っておこう」

数日程度の遠征ならともかく、何週間も森をさまよう羽目になるかもしれない。そこに魔物がいるとは限らないし、拠点に残るメンバーの保存食も用意したい。僕らは立花の提案に乗って、拠点近くで狩りを続けることにした。幸運なことに、出会う魔物は大兎と大猪ばかりだった。ゴブリンや大蜘蛛とはほとんど遭わず、その後も大量の肉を手に入れていった。


杏子さんの言葉は気になっていたけれど、今のところは順調そのもの。どこにも異常は見当たらないし、あと1時間もすれば拠点に戻れるだろう。

『このまま何事もなく帰れそうだ』と思っていた矢先のこと――。

拠点の方角から甲高い笛の音が鳴り響く。

「ねえ、これって……」

「まずいんじゃない？」

「うん。すぐに戻ろう」

警笛の回数は計3回。これは日本人が現れたときのサインだ。次の音が聞こえてこないことから、襲撃には至っていないようだが……。

それから数分とかからず拠点に到着。森を抜けて川辺に出ると、物見やぐらの上に杏子さんの姿が――。彼女が見ている方向には日本人が3人。しかもその人たちが立っている場所には薄緑色の膜が張られていた。

「杏子さん、大丈夫ですかっ！」

「ええ、まだ何もされてないわ」

1人は大人の女性。もう1人は中学生くらいの男の子。そして最後の1人は30代くらいのおじ……お兄さんだった。

3人とも立派な剣を腰に下げ、衣服も上から下まで身綺麗にしている。顔は日本人で間違いないけれど、服は日本製のものではなさそうだ。どこで手に入れたのか、どこぞの民族衣装っぽい出で立ちだった。

今までの襲撃者とは違い、すぐに襲ってくる様子は見られない。ある程度距離を取り、こっちの対応を待っているかのようだ。僕らは拠点の入り口まで移動。杏子さんと合流したのち、詳しい経緯を聞いていった。

「なるほど。彼らは海の調査に――」

「うそかホントか、北のほうに村を作っているらしいわ」

杏子さんの話によると、彼らは70人ほどで共同生活をしているらしい。全員が日本人なのか、それとも現地人が混ざっているのか。詳しいことはまだ聞いていないそうだ。海産物を目当てに訪れたところ、偶然にもこの拠点を見つけたんだと。

「にしても、あの膜……じゃなくて結界でしたっけ。いったい、どんな能力なんでしょうか」

今も点滅を続けている薄緑色の結界。彼らの周囲はもちろんのこと、訪れた方角に向かってどこまでも延びている。ファンタジーに詳しい杏子さんなら何か知っているかもしれない。そう思って聞いてみたところ――。

「たぶん、敵対者の侵入を防ぐ壁でしょうね。魔物とか人間とか……もしかしたら魔法や物理攻撃すら効かないかも」

「なっ。そんなのほとんど無敵ですよね。僕らじゃ到底敵《かな》わないんじゃ？」

「でしょうね。なるべく刺激しないようにお帰り願いたいわ……」

結界内からの一方的な攻撃。それこそ魔法でも撃たれたらひとたまりもない。相手の強さは不明だけれど、ヘタに手を出さないほうが良さそうだ。

「じゃあ勇人くん、明日もよろしくね」

「はい。啓介さんもお気をつけて」

対話を始めて数時間。警戒していたのも束の間、彼らが帰る頃にはすっかり打ち解けていた。

「杏子さんもありがとう。話を聞いてくれて助かりました」

「それはこっちのセリフ。あなたたちに会えて幸運だったわ」

今まで遭遇した日本人とは全然違う。相手の丁寧な対応を前に、ついつい心を許してしまう。

それは杏子さんも同じみたいで、いつになく彼女の表情が柔らかい。

(にしても、なんでだろう。この人と話しているとすごく落ち着く……)

啓介さんはとても親しみやすい人だった。初めて会ったはずなのに、気づけば彼のことを信用していた。「この人は味方になってくれる」と、確信めいた予感に満たされている。

危険に関する直感ならこれまで幾度も経験してきた。けれど今回のそれは全くの別物だ。彼に魅かれていく自分に心地よさすら覚えていた。


結局、この出会いをキッカケにして、僕らの環境は一気に様変わりしていく。

それまでのサバイバル生活から一変、勇者パーティーの物語が始まることに——。

『異世界の冒険者生活』

『この世界に召喚された本当の理由』
『いずれ訪れる決戦の日』
少し先の話ではあるけれど、どれもあの人抜きでは語れないことばかりだ。
村長の彼と勇者の僕。２人の関係が長く続くことを、このときの僕はまだ知らない。

あとがき

お久しぶりでございます、七城です。

このたびは『異世界村長2』をお手に取っていただきありがとうございます。

前巻のあとがきにおいて「次巻が出るかわからない」などと予防線を張っておりましたが……。みなさまのご支援により、こうして続巻する運びと相成りました。大変うれしく思うと同時に、得体の知れぬ不安から解放された気持ちです。

続きを読んでもらいたい一心でしたので、現在はこの上ない達成感に満たされております。


とまあ、そんな個人の感想はさておくとして、今巻の物語はいかがでしたでしょうか。

メリー商会との交易、獣人領の議長ドラゴとの接触、さらには南の勇者一行との出会いなど、ようやく村の外へと世界が広がってまいりました。

良好な関係を続けることができるのか、それとも上手く利用されて痛い目に遭うのか。未踏破ダンジョンも発見したことですし、村人のレベルを上げつつ有事に備えてほしいところです。

人族領に存在するという『北の勇者一行』

村長たちと交流を始めた『南の勇者たち』

議長を辞めて村に住む選択をしたドラゴと、新たに議会入りを果たした謎多き日本人。彼ら彼女らがどう絡んでくるのか。村長たちの今後にご注目いただけるとうれしいです。

そして最後に、次回について一言――。

2巻の終わりだというのに、未だに街へ向かわない村長ですが……。どうかご安心を、次はそのあたりのモヤモヤが解消されます。出会いの善し悪しは兎も角として、様々な展開が待ち受けておりますのでご期待ください。

それでは、またお会いできることを心待ちにしております。

七城（nana_shiro）

次世代型コンテンツポータルサイト

ツギクル https://www.tugikuru.jp/

「ツギクル」はWeb発クリエイターの活躍が珍しくなくなった流れを背景に、作家などを目指すクリエイターに最新のIT技術による環境を提供し、Web上での創作活動を支援するサービスです。

作品を投稿あるいは登録することで、アクセス数などの人気指標がランキングで表示されるほか、作品の構成要素、特徴、類似作品情報、文章の読みやすさなど、AIを活用した作品分析を行うことができます。

今後も登録作品からの書籍化を行っていく予定です。

ツギクルAI分析結果

「異世界村長2」のジャンル構成は、ファンタジーに続いて、SF、恋愛、歴史・時代、ホラー、ミステリー、現代文学、青春の順番に要素が多い結果となりました。

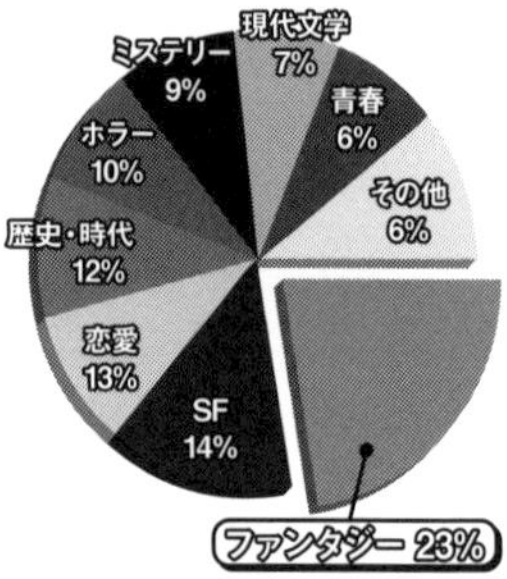

期間限定SS配信

「異世界村長2」

右記のQRコードを読み込むと、「異世界村長2」のスペシャルストーリーを楽しむことができます。ぜひアクセスしてください。

キャンペーン期間は2024年11月10日までとなっております。

田舎から出てきた私・シンシアは、結婚相手を探すために王都の夜会に参加していました。そんな中、突如として行われた王女殿下による婚約破棄。婚約破棄をつきつけられた公爵令息テオドール様を助ける人は誰もいません。ちょっと、誰か彼を助けてあげてくださいよ！　仕方がないので勇気をふりしぼって私が助けることに。テオドール様から話を聞けば、公爵家でも冷遇されているそうで。

あのえっと、もしよければ、一緒に私の田舎に来ますか？　何もないところですが……。

定価1,430円（本体1,300円＋税10%）　ISBN978-4-8156-2633-4

ツギクルブックス　https://books.tugikuru.jp/

転生幼女は教育したい!
～前世の知識で、異世界の社会常識を変えることにしました～
Ryoko イラスト フェルネモ
5歳児だけど、
“魔法の真実”に気づいちゃった!
規格外な幼女が
異世界大改革!?
バイクに乗って旅をするかっこいい女性に憧れた女の子は、入念な旅の準備をしました。外国語を習い、太極拳を習い、バイクの免許をとり、茶道まで習い、貯めたお金を持って念願の旅に出ます。
そして、辿り着いたのは、なぜか異世界。え、赤ちゃんになってる!?　言語チートは!?　魔力チートは!?
まわりの貴族の視線、怖いんですけど!!　言語と魔法を勉強して、側近も育てなきゃ……
まずは学校をつくって、領地を発展させて、とにかく自分の立場を安定させます!!
前世で学んだ知識を駆使して、異世界を変えていく転生幼女の物語、開幕です!
定価1,430円(本体1,300円+税10%)　ISBN978-4-8156-2634-1
ツギクルブックス
https://books.tugikuru.jp/

あなた方の元に戻るつもりはございません！
1〜2
著：火野村志紀
イラスト：天城望
特別な力？　戻ってきてほしい？
ほっといてください！
私、義子をかわいがるのに
いそがしいんです！
OLとしてブラック企業で働いていた綾子は、家族からも恋人からも捨てられて過労死してしまう。
そして、気が付いたら生前プレイしていた乙女ゲームの世界に入り込んでいた。
しかしこの世界でも虐げられる日々を送っていたらしく、騎士団の料理番を務めていたアンゼリカは冤罪で解雇させられる。さらに悪食伯爵と噂される男に嫁ぐことになり……。
ちょっと待った。伯爵の子供って攻略キャラの一人よね？　しかもこの家、ゲーム開始前に
滅亡しちゃうの！？　素っ気ない旦那様はさておき、
可愛い義子のために滅亡ルートを何とか回避しなくちゃ！
何やら私に甘くなり始めた旦那様に困惑していると、
かつての恋人や家族から「戻って来い」と言われ始め……。
そんなのお断りです！
1巻：定価1,320円（本体1,200円＋税10％）978-4-8156-2345-6
2巻：定価1,430円（本体1,300円＋税10％）978-4-8156-2646-4
ツギクルブックス
https://books.tugikuru.jp/

ゆるゆると自由気ままな生活を満喫する幼児の異世界ファンタジーが、今はじまる！

1巻：定価1,320円（本体1,200円＋税10％）978-4-8156-1557-4
2巻：定価1,320円（本体1,200円＋税10％）978-4-8156-1558-1
3巻：定価1,320円（本体1,200円＋税10％）978-4-8156-1918-3
4巻：定価1,320円（本体1,200円＋税10％）978-4-8156-2155-1
5巻：定価1,320円（本体1,200円＋税10％）978-4-8156-2322-7
6巻：定価1,430円（本体1,300円＋税10％）978-4-8156-2323-4

ツギクルブックス
https://books.tugikuru.jp/

天族の血を引くカナリアは 15 歳で自立の一歩を踏み出した。辺境の地でスローライフを楽しめる両親と違って、都会暮らしに憧れているからだ。というのも、カナリアには前世の記憶がある。遠い過去の記憶だが一つだけ心残りがあった。可愛いものに囲まれて暮らしたいという望みだ。今生で叶えるには、辺境の地より断然都会である。旅立ちの供は騎鳥のチロロ。騎鳥とは人間が乗れる大きな鳥のこと。カナリアにとって大事な相棒だ。

これは「小鳥」と呼ばれるようになるチロロと共に、都会で頑張って生きる「可愛い」少年の物語！

定価1,430円（本体1,300円＋税10％）　ISBN978-4-8156-2618-1

ツギクルブックス　https://books.tugikuru.jp/

ファルトン伯爵家の長女セレナは、異母妹マリンに無理やり悪女を演じさせられていた。
言うとおりにしないと、マリンを溺愛している父にセレナは食事を抜かれてしまう。今日の夜会での
マリンのお目当ては、バルゴア辺境伯の令息リオだ。──はいはい、私がマリンのお望みどおり、
頭からワインをぶっかけてあげるから、あなたたちは私を悪者にしてさっさと
イチャイチャしなさいよ……。と思っていたら、リオに捕まれたセレナの手首がゴギッと鈍い音を出す。
「叔父さん、叔母さん！　や、やばい！」「えっ何やらかしたのよ、リオ！?」
骨にヒビが入ってしまいリオに保護されたことをきっかけに、セレナの過酷だった境遇は
優しく愛に満ちたものへと変わっていく。

定価1,430円（本体1,300円＋税10%）　ISBN978-4-8156-2424-8

「小説家になろう」は株式会社ヒナプロジェクトの登録商標です。

ツギクルブックス

https://books.tugikuru.jp/

スラム街で家族とささやかな幸せを享受していたレーナは、突然現代日本で生きた記憶を思い出した。清潔な住居に、美味しいご飯、たくさんの娯楽……。
吹けば飛びそうな小屋で虫と共同生活なんて、元日本人の私には耐えられないよ！
もう少しだけ快適な生活を、外壁の外じゃなくて街の中には入りたい。そんな望みを持って行動を始めたら、前世の知識で、生活は思わぬ勢いで好転していき――。

快適な生活を求めた元日本人の少女が、
着実に成り上がっていく
異世界ファンタジー、開幕です！

1巻：定価1,320円（本体1,200円＋税10%）978-4-8156-2320-3
2巻：定価1,430円（本体1,300円＋税10%）978-4-8156-2635-8

ツギクルブックス
https://books.tugikuru.jp/

TUG STUDIO　TUGIKURU COMICS

NEW

転生貴族の優雅な生活

国内主要電子書籍ストアにて好評配信中!!

――異世界に転生したらチートが尋常じゃない？

日本で死んだはずだったのに……。
次の瞬間には侯爵家の嫡男に、つまりは貴族に生まれ落ちていた。さらにはチート能力を持ち合わせているなんて……。折角転生したんだから、自由に優雅にこの異世界ライフを楽しもう！と思いきや……？

男女問わず皆が俺に好意を（？！）寄せてくるし、かと思えば、暗殺スキル持ちの従者に命を狙われる始末。おまけに、イケメン吸血鬼に襲われて悪魔の使い魔までまとわりついてくる……。
俺は自由に生きたいだけ……！　自由に優雅に余生を楽しめられればそれでいいのに！
周りがどうもそうさせてはくれないみたいで、俺の異世界貴族生活はどうなることやら。

侯爵家に転生したメイリーネの貴族的で優雅な異世界ファンタジーがいよいよスタート！

こちらでCHECK!

ツギクルコミックス人気の配信中作品

主要電子書籍ストアで好評配信中

三食昼寝付き生活を約束してください、公爵様

コミックシーモアで好評配信中

出ていけ、と言われたので出ていきます

主要電子書籍ストアで好評配信中

婚約破棄23回の冷血貴公子は田舎のポンコツ令嬢にふりまわされる

主要電子書籍ストアで好評配信中

嫌われたいの～好色王の妃を全力で回避します～

主要電子書籍ストアで好評配信中

自力で異世界へ！

ツギクルコミックス

https://comics.tugikuru.jp/

コンビニで ツギクルブックスの特典SSや ブロマイドが購入できる!

famima PRINT　セブン-イレブン

『異世界に転移したら山の中だった。反動で強さよりも快適さを選びました。』『もふもふを知らなかったら人生の半分は無駄にしていた』『三食昼寝付き生活を約束してください、公爵様』などが購入可能。
ラインアップは、今後拡充していく予定です。

特典SS　80円(税込)から

ブロマイド　200円(税込)

「famima PRINT」の詳細はこちら
https://fp.famima.com/light_novels/tugikuru-x23xi

「セブンプリント」の詳細はこちら
https://www.sej.co.jp/products/bromide/tbbromide2106.html

ツギクルブックス

愛読者アンケートに回答してカバーイラストをダウンロード！

愛読者アンケートや本書に関するご意見、七城先生、しあびす先生へのファンレターは、下記のURLまたは右のQRコードよりアクセスしてください。

アンケートにご回答いただくとカバーイラストの画像データがダウンロードできますので、壁紙などでご使用ください。

https://books.tugikuru.jp/q/202405/isekaisoncho2.html

本書は、「小説家になろう」（https://syosetu.com/）に掲載された作品を加筆・改稿のうえ書籍化したものです。

異《い》世《せ》界《かい》村《そん》長《ちょう》2

2024年5月25日　初版第1刷発行

著者　七城《ななしろ》

発行人　宇草 亮
発行所　ツギクル株式会社
〒105-0001　東京都港区虎ノ門2-2-1
発売元　SBクリエイティブ株式会社
〒105-0001　東京都港区虎ノ門2-2-1

イラスト　しあびす
装丁　株式会社エストール

印刷・製本　中央精版印刷株式会社

定価はカバーに表示してあります。

乱丁本、落丁本はお取り替えいたします。

本書の内容を無断で複製・複写・放送・データ配信などをすることは、かたくお断りいたします。

©2024 nana_shiro

ISBN978-4-8156-2645-7
Printed in Japan